# 正十七角形な長城のわたくし

依田仁美
YODA Yoshiharu

poesy＊ポエジー21

北冬舎

# 正十七角形な長城のわたくし❈目次

## 第二部　嗜好への志向をめぐる思考――作歌のモティーフをめぐって

## 第三部　主体と環境――――作歌のめぐりあわせをめぐって




ブックデザイン＝大原信泉

# 正十七角形な長城のわたくし

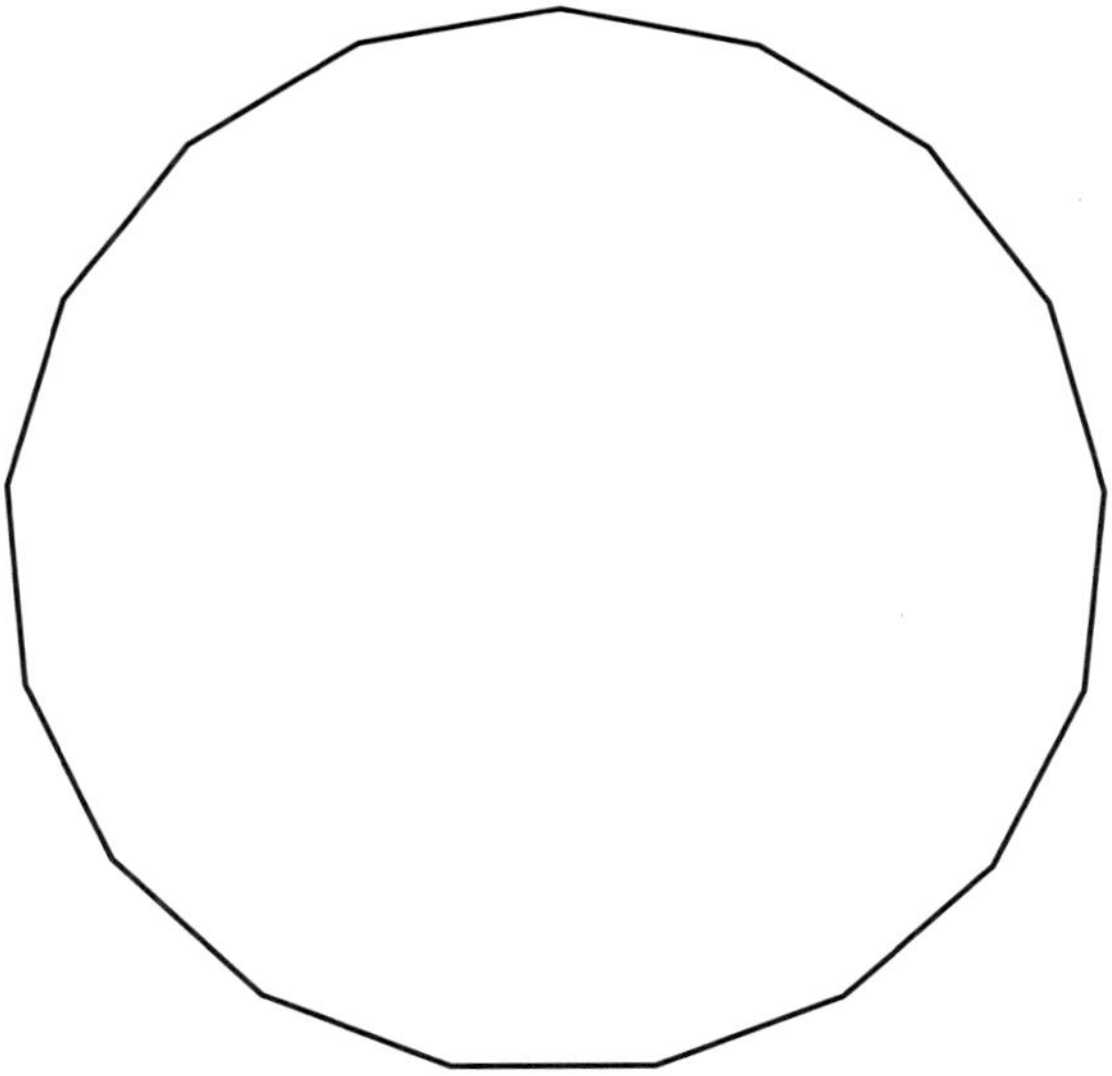

$2^1 + 1 = 3$
$2^2 + 1 = 5$
$2^4 + 1 = 17$
$2^8 + 1 = 257$
$2^{16} + 1 = 65537$

リッチモンドの方法の成果

# はじめに

世に、短歌の海へするすると漕ぎ出す助けとなる著作は少なくなかろう。が、本著はまったくその逆で、四十年以上にわたり、漕ぎなずんだ漕ぎ手の、問わず語りである。もし、これに何がしかの意味があるとすれば、おそらく多くの作家が感じつつ、これまで誰も書かなかった〝誇りまみれ〟の、わざわざ古臭く言えば、男一代のそぞろ歩きについての述懐というところにある。

わたくしも多くの短歌作家と同じように、短歌に寄せる片恋慕に引きずられて、今日まで来ている。「あいつが好きなのに、あいつとはうまくいっていない」という態様の。

しかし、ここではそれなりに、しんじつ思うところをどろどろ書こうとしている。なぜ、こんな奇妙な歌を書き続けてきたかを、である。そんな心境から、せめて容器だけはきりりとしたい。美しい姿を用意したつもりである。

正十七角形の美しさには息を呑む。周が円に近い正多角形を見ると、円に慣れた目は、直線である各辺を、わずかに内側に凸な弧のように、つまり、波形に錯視するのである。が、よく見れば、当然、直線。この、静止のままのダイナミズムは、あるがままにして、見る者の眼福となる。

　つまり、「正十七角形」というのは、定規とコンパスで作図しうる、素数ベースの代表的な多角形――「正三角形（二の一乗＋一）」「正五角形（二の二乗＋一）」「正十七角形（二の四乗＋一）」「正二百五十七角形（二の八乗＋一）」「正六万五千五百三十七角形（二の十六乗＋一）のうち、なんとか描けそうなテーマではないか。きっと、楽しめる。

　さて、「十七角形」は十七の辺と十七の角を有する。

# 第一部　定義は踊る

――作歌の基盤をめぐって

# 第一辺　歌はもともと軋轢の産物である

そのときは、正に水辺に立っていた。足先は水際ぎりぎりであり、両手は大海から繰り出される《短歌の精》とも言うべき波がしらと向き合っていた。いわゆる、短歌入門のころ、書き始めて数年のころ、わたくしはその短歌という大海に引き込まれることを拒否しつつあった。

足を濡らし、脚まで浸り、ついには水没し、最終的には自分自身が短歌になりきることの入口を「入門」という。しかし、わたくしはできることなら《短歌の精》をわがものにしたいと考え始めていた。本来、海辺まで歩いてきて水中に入るつもりでいたのだが、疑義が湧き起こった。ここに入るのは、本当に悔いのないことなのか、と。

耳に風が当たると音が聞こえる。主体と環境のこすれあう音だ。こんなことが作品発生のきっかけになる。

そもそも詩とは、主体と環境がこすれあうときの、主体の細部が放つ歪みの音なのだ。

人間よりもっと颯爽と走る馬の鬣《たてがみ》の周りには、さらに激しい渦が起こり、逆にわたくしがたとえどんなに控えめに生息しても、耳朶と風の間に摩擦は必然、起こる。かつ、風が吹き続けると、ほかの何ものも聞こえなくなるから、そのときはそれだけでひとつの密閉された世界になる。

繰り返すが、歌の主体と環境が触れると、摩擦が起きる。その摩擦が一人称文学としての短歌発生の契機なのだ。そして、わたくしの人生においても、詩はやはり不可避だった。だから、そういう機会は外さないできたつもりであった。

短歌とのつきあいには、ふたつの形があろうか。いや、ある。ひとつは、「短歌の世界に自分が取り込まれてゆく」という形、いまひとつは、「自分の世界に短歌を取り込む」という形である。わたくしは相当のためらいののちに、後者を採った。

こういうしだいだから、それ以降のわたくしには、「短歌とは何か」を考えることはありえない。「短歌とどう付き合うか」だけを考えてきた。「最初に短歌ありき」ではない、「どういう短歌がわたくしに有意義なのか」だけをずうっと考えてきたのである。

「実存主義」などとことごとしく言わないまでも、人間が人間の波の中を「相渡る」のが人生である以上、自分の人生に自己の「個別性」「主体性」の保全を求めるのは当然のことだろう。人ごみに紛れないために。また、人波の中で圧迫死しないために。

この「個別性」と「主体性」のふたつの胡桃を掌中でジャグリングしながら、わたくしは人生を渡渉してきた。そして、折り折り、歌を重ねてきた。

なぜなら、人生の切れ目切れ目に、特に強まる軋轢の中で自分自身を確認できるものは、わたくしにとっては詩しかなかったから。そういう必要性にもっともふさわしい詩形は、最終的に短歌だったのである。なぜなら、一単位の形が明確な短歌の方が、一単位の規定しがたい自由詩よりもきわめて効率的に見えたからである。

思えば、歌を重ねることが、取りも直さず「個別性」「主体性」維持の護符だった。そういう迂回した意味からも、歌は軋轢《あつれき》の産物であったということなのである。これらの確認のために、わたくしみずからが引き起こした軋轢もあったろうから。

〈定義は懐疑の裏がえし〉、よって、これが第一番目の定義となるのである。

さて、ここで、ぬけぬけと書く性分を早くもさらけ出すが、論と作は、それぞれ形の違った芸術思想の発露である。並べて書くのは楽しいが、それなりのリスクがある。だから、わたくしは論が「書きすぎ」にならぬよう、作が論による「自縛性」の被害に遭わぬよう、すこしばかり統制を加えているつもりである。つまり、両者にはほどほどの相関しか与えてはいないことにご留意いただきたいのである。

【第一角】は、「風と遊ぶ腰折れ」である。

【第一角】　風の中の存在

高踏のしるべぞ空ののこり月《お》の字の点のようにかすかに

春風にふわわの尾なる犬牽いてそぞろの夢をぶん流しおり

逆風や下総なれば殊に吹けかの将門《まさかど》を撫《ぶ》したるごとく

驕《きょう》ぞ佳きほぼ旬日のあばれ鯉そうだ真横の束の間の驕

よくぞ　五月の鯉の空きっ腹　風《ふう》と呑み込んで覇《は》と吹きぬける

＊

わたくしの固執痼癖《こへき》は風上に冷えひんやりの朝ぼらけなる

この朝は総攻撃と風寄せていささ川面《がわも》も毛羽立てつくす

水田の青の砌《みぎり》に吹く風は予の跼蹐《きよくせき》※をかなしみており

（※＝巻末『狭辞苑』参照〔以下同〕）

風中に魚族ぞろぞろ居たような　土手を登っていわゆる家路に

おりしも　おれの心を風さらう何かせつなく伸びるおりしも

［手の指に殊更に吹く風］※という思いに沁みて待ちてありにけり

歴世の鋭意と言わん樹を渡る風がひた打つわたくしの耳

＊

計慮精慮とんでもなくて日曜は俗慮凡慮の上に風吹く

ぐふとくく※利風流るるその刹那教外別伝《きょうげべつでん》金木犀を得《う》（この作のみ下二段活用）

詩の揚力を風に吹かれて思うかな脳にうごめく歌の断片

須臾《しゅゆ》の愁　風に毅然とひるがえす倅《せがれ》の背中は男一匹

髪間《はっかん》を流れてぬるき軟風やいずこぞ俺のかのささめ言

## 第二辺　歌は流転する人生の投影である

「短歌入門」を素直に果たさずに、「短歌を自分の中に取り込む」とうそぶきながら生きてきた。この「短歌を自分の中に取り込む」ということを裏返しに言えば、「短歌の中で何がしかをやろうとすること」を目標とすることにほかならない。

二十代の終わりころから、わたくしは純粋に、「ポエジー〔詩的活動〕をずうっと思いつめ続けること」を唯一の、詩的創造物の制作の方法論として抱き続けてきた。

書けば、笑止のひとことにつきるが、わたくしが短歌と名づけて留めてきた分野では、「みんなに褒められたら、おしまい」とうそぶき、そして、実際に書いていたものは、そのときどきの「詩的な息吹き」であった。詩を思いつつの息吹きだ。

詩というものは、流転する人生の投影である。だから、わたくしの作品はわたくしの生の航跡である。書き残されたわたくしとは、わたくしのポエジーの具象であるから、わたくしの航跡とは、つまり、元に戻って、わたくしのポエジーの軌跡である。だから、詠い続けられたものを振り返って眺めれば、「流転するポエジー」と少年趣味的に呼びたくもなる。

もう一度だけ書くが、ポエジーとは「詩的活動」であり、「詩的活動」とは「詩的認識」を「詩的技術」によって繰り返し実行するという、試作のための思索である。そして、このことを、じつは空おそろしい空費なのではないかと怯えつつ、ずうっと暮らしてきたのである。

一方で、ポエジーにはモティーフがつきまとう。だから、流転のうちには日常とかけ離れた「空理空論／空想夢想」も出てくるので、この流転は、モティーフベースでは、時に軽佻浮薄《けいちょうふはく》と背中合わせにもなり、逆に不覚にも日常どっぷりとしみじみとした思いを反映することもある。

ここで主張したいのは、こういうように、たとえ切り口が軽佻であっても、短歌の本質に真剣に肉薄した浮薄だということなのである。日常どっぷりの演歌であっても、むなしく浮かれた、またはむなしくいかれたギャグであっても、短歌の本質に肉薄した通俗だという矜恃を捨てないできた。短歌としてのドメインを萎えさせるわけにはゆかないので。

もうひとつ。精神に不可逆反応はない。よしんば、癒しがたい傷をこうむったところで、永劫癒されない傷はありえない。精神は膨らみもし、しぼみもする。高揚もし、停滞もする。沸騰もし、微温にも戻り、冷却にも出会う。これが、ポエジーが死滅せず、流転するゆえんでもある。

とまれ、このようなしだいで、これ以降は、「ポエジーの流転」「モティーフの流転」について、辺と角を辿りながら語りついでゆきたい。

【第二角】は、「喜怒哀楽、おおむね哀の映像」である。

**【第二角】** 時《じ》時《じ》自走

ぎゅうと来てむねいっぱいに広がりてととと消えたる一本の愁《しゅう》

失せものの価値いや増しに惜しまれて夜半ひそかにまさぐりており

思い出を《止鳥《しちょう》》※に詰めていたりけり忽焉《こつえん》急遽「悲」は降るものを

人生はひとふで書きに御座候《ござそうろう》筑波《つくば》男体《なんたい》俯瞰《ふかん》馥郁《ふくいく》

満月をいただきしかばいやちこに今日の男波は艶めくらしき

＊

天涯と海涯むつむ黒潮に予の一陣もふいと呼ばれつ

老いやすく既に秋声その庭に白木蓮の未生《みしょう》がきざす

半世紀この組織塊《そしきかい》軋ませて男泉孤湧《だんせんこゆう》※それがどうした

闘心を天日にさらす局面ぞ白昼月《しろひるづき》はゆらり天目※

楡の葉に［対称性の乱れ］※ありげにもよ乱れは展開のもと

大海の模造なるべし大空に波らしきもの打ち騒ぎある

円を描くとして中心をどこに定めんか偏り多きなりわいである

＊

北の丸ひとに人品あるにより樹品雲品さだめんとする

前うしろおのれしだいで左右と呼ぶ自己中心の交差点中央

隻言《せきげん》の小暗き流離偲びおり歌にならざりし白き無念や

暗喩にてものがなしくてほろ苦き春歌というは神上《かむあ》がりましき

残生をのたうちまわる手だてなれば歌心一塊にぎり直しつ

## 第三辺　短歌は不自由詩である

わたくしは短歌を始めてほどなく、「不自由詩コンプレックス」に陥った。自身の短歌的貧困に強く失望し、飢えに飢えた。〝歌壇〟という言葉には、今なおどうしても滑稽味がつきまとうが、〝歌壇〟に咲き乱れる「時めく花々」は、わたくしにとって、生気なく枯れて見えた。憧れとも、得心ともほど遠かった。いわんや、自作をや。とても不自由だった。やりきれなかった。不幸だった。

よくよく考えてみると、そのうちに、不自由の原因は、「短歌」がいわゆる「自由詩」ではないことにあるのでもなく、また「定型詩」であることにあるのでもなんでもなく、《伝統のイドラ》が大きくのしかかっているからなのだと気づいた。

ここでは、あの大時代の「イドラ（偶像）」という言葉を引き出しの中から引き出したい衝動を抑ええない。「実在の正しい把握を妨げ、無知と偏見の原因となる要因」として、十七世紀の哲学者フランシス・ベーコンが掲げた、あの、「イドラ」である。「イドラ」を急に持ち出すことに違和を感じられるかもしれないが、観念を観念のまま書くと意図が拡散するので、その意味にもっとも近い用語を示してゆきたい。

現代短歌の、というのが僭越だというなら、わたくし自身の短歌の祖先を、「家系として」どこまで遡るかということを考えてみた。現代作家でも、マジ、『万葉集』、『古今和歌集』までさかのぼる人が多いようだ。このことは、わたくしからすれば、自分の祖先を「家系」としてどこまで遡るかというときに、平安時代まで遡るケースのように見える。現実には、そんな必要はまずない。たとえば、『坊ちゃん』の「おれ」が、自分の家系を多田満仲まで遡るのだって、諧謔をベースにしているのである。

古典の究みとして、あるいはその末裔として短歌を仰ぐとき、短歌は「伝統」というオーラを放ち、これには当然、「イドラ」がつきまとう。しかも、「入門」の文字がくっつくときなど、もっとも怖い。多くの入門書は「かくあるべし短歌」を教え込み、「べからず」も執拗に連発する。

さらに、これと地続きの「秀歌鑑賞」も、じつに手ごわい。一義的には言えないが、秀歌鑑賞に、「一般人とかけ離れた天才の境地を、その作者に次ぐほどの大家が、ありがたくも一般人にケイモウよろしく解説する」という構図がほのみえると、慄然とする。こうなると、短歌は「伝統芸能」にほぼ一致する。「イドラ様」のお通りである。

伝統芸能はそもそも、後継者の独創性を排除することに本質がある。無論、その中で新規を企てる演者もいるが、基本的には伝統の墨守である。つまり、短歌らしいだけの短歌、そこにちょちょっとトッピングしただけの穏健な短歌が尊重される。なんとも、さびしい。

むりはないのだ。そもそも「伝統」というものは、「没個性」につながるものであり、「技術」もまた「没個性」につながるものであるのだから。このことから、「良い歌」とは、これら「没個性」の上に成り立つように思われがちである。これこそが、「伝統のイドラ」。こうなっては、「顕個性」であるべき「詩精神」が封じ込められてしまう。生気のない花々とは、じつにこういうものであった。またしても、さびしい。かつ、いやだ。わたくしがやりたいのは、禁色の着用であり、禁じ手の常用だったのである。

重ねて不幸なことには、短歌の社会にはクレバーな文章の書き手が浜の真砂ほどいる。書きやすいのである。しかし、ここには、宜しからざる副作用がある。多くの、短歌世界の評論は、上手なアイロンかけ技術のようだ。

何枚かのブランド品に、ぱぱっとアイロンをかけ、ささっと畳んで、棚に並べる。現代はもとより、近代しかり、ついでに前衛まで。さて、これは秀歌、これは天才、あとは知らない、などなど。つまり、前衛もあっというまに整理され、たちどころに準古典となって、歴史に収まるのである。即身成仏となる現代もあるかな。

わたくしは伝統と技術を全否定するものではない。多田満仲の血を誇ってもよい。ただ、その根底では、常に、せめてどんなに小さくてもよいから、根本的に「個別性」を意識してほしいと願うだけである。ただし、結社誌が師風の短歌を次世代に伝える美俗を、わたくし自身、尊重している。わたくしには、「党同伐異」の趣味はない。

さて、【第三角】は、「すこし撥ね返った歌」である。

【第三角】　禁色

凛凛《りんりん》と犬跳ぶ沙汰に歌ごころ稟《ひん》の蕾を涼《りよう》と咲《ひら》きつ

純中の純なるもののもどかしさこの犬桜張飛《ちようひ》※わたくし

青陽の空にわおうと桜伸び張飛の勇の悲しきかぎり

眼の裏は禁色の海　みひらきて尾根の青青をたどらんとする

継承より拒絶を採ると言いてより喉に膏血《こうけつ》のしたたるわたし

*

心こそ「矯」と「驕」とのぶっちがい驀直《ばくちょく》率直端的簡明

瘤しるき幹の素振りの優しみと攀禽類《はんきんるい》※の五爪《ごそう》の鋭《えい》と

抜山《ばつざん》や蓋世《がいせい》の歌も白みけり鉄火真っ赤の余輩残映

暁星のしたたるころを寝返れば「老」にして「荘」天蓋無害

業報輪廻《ごうほうりんね》夕陽に赤い鷺である「為《な》して恃《たの》まず長じて宰《さい》せず※」

赤鷺は楽しからずや水田の青緑の穂をゆらと見下ろし

際涯《さいがい》は野にも天にもありはせず純純常常秋時刻刻※

＊

おう、今の俺かなここにひとり居る鏡像虚像おきざりにして

渾身というを頻《しき》りに絞りつつ今日はこの世をば細月とぞ思う

だれひとり逃れ得ぬまで晧晧《こうこう》と誹毀《ひき》圧倒の月曝《つきざら》しなる

刀閃は同種同等同量の意趣の花咲き散るまでの舞《ぶ》ぞ

菊横溢　それなりに心魂研ぎおれば『菊と刀』※はついに読まざる

## 第四辺　伝統詩形の伝統は保存されるべきではない

わたくしが現代短歌を、純粋に伝統詩形とは、どう考えても、呼びにくくなって久しい。このことは、わたくしにも、上代の歌にも心魅かれるものがある、というのとは別の次元である。要は、短歌とは古来こういうものだ、と言ってしまっては、先ざきの展開は望めないのだと、もっと強く気づくべきである、ということだ。

わたくしは、現代短歌は「由緒正しい古典的詩形」であることより、いわゆる現代詩、現代思想との「混血の詩形」であるという認識を強めるべきだと言いたい。

現実に、現代俳句を見、現代アート、現代音楽を滋養として生きれば、その詩精神を大らかに汲んで、短歌における「新しいパターン」を創出させてもよくはないか、とちゃんちゃらおかしくも、そう思うに到ったのである。現代的な「詩的認識」と「詩的技術」を求めつつ現代短歌に関わるのでなければ、今日、歌を作る意味はない。

つまり、ちゃんちゃらおかしくも、「新しいパターン」を思考し、志向し、試行するということは、伝統的、因習的視点から見れば、「禁色の着用」「禁じ手の常用」となることもいとわない、ということになる。

このことは、わたくしに固有のものではない。すでに多くの作家が目覚めている。ひとことで言えば、ざっと五パーセントくらいであろうが、現代の「覚醒した作家」の多くは、疑いなく短歌社会の《獅子身中の虫》になる決意をしている。《獅子身中の虫》の生き様とは、「大恩ある宿主の中で、宿主の養分を頂戴しながら、その身体に害を加える存在」としての、悪逆、醜怪なものであるにちがいない。ただ、その願うところは、断じて「獅子の死」ではない。

《身中の虫》の作用がもたらすものは、ふたつある。

ひとつは、獅子の抵抗力の増大である。虫を退治すべく、獅子はその肉体の刺激を受けて、抗体をつくるなど、抵抗力を高めることができる。

もうひとつの効果は、獅子の変質である。虫が威を振るえば、獅子の歩行の形が変わるとか、鬣《たてがみ》の形状が変わるかもしれない。しかし、これは進化形だ。この変化は、獅子にとって、かならずプラスサイドに働くはずだからだ。

つまり、これまでは獅子が健全でありすぎた。わたくしも虫の有用性に気づいたのは、ほんのわずか前である。獅子が健全だったのは、虫が雪だるまのように、あるいは変わり玉のように、既成のものの表層上にひっつくことばかりに精力を注いでいたからだ。

わたくしにこう言わせるのは、すくなくともここ何十年かの間、枝葉を見れば別であるが、短歌は、本質的には、なんら動きらしい動きをしていないという現実である。「していない」と言って悪ければ、「ほとんどしていない」と言い換えてもよい。なにより問題なのは、「変化させない」努力をしてきていることである。

もともと短歌は成果物が微小であることから、狭く捉えれば、作品の優劣がさほど顕著でなく、そのために「取立て制度」が異常に発育した。「褒められること」が目標となる中で、その当然の結果として、「褒める基準」がおのずと定まってきた。そのために、キャリアを積むと、みんなが似てくるのである。短歌らしく。上手に。

わたくしの期待する短歌の動きというのは、「新しい息づかいがふっと立つ」程度のことで十分なのである。じつにささやかだが、これを目指さねば書く意味がない。

要は「こころざし」。もうすこし弱く言えば、「こころづかい」だ。「何とかしよう」という気持ちで、まずは十分。

さてさて。【第四角】は、「はなはだ気まま」である。

## 【第四角】　砂漠の月と月の荒城

うた人は月の主客を規定する砂漠の月や月の荒城
雪駄裏つかず離れずある道の質量は大、敬服すべし
意地により牽強付会　運つたなく敗れつつあれども路頭、迷わず
今ここの我や空疎の静ごころ酔後林檎を歯に委ねつつ
音立てて賢く見える花ひらき聖なる犬のしばし瞑目

*

飛ぶ鳥の手練といわん海上を右ねじれにて魚に突き込む

胸の裡《うち》　見ればいくらか焦げておる出《で》目《め》蘭《らん》鋳《ちゅう》の夕焼けさらに焼けよ

百見がそも一触に如《し》かざるを確かめており植物園に

空を見る淡光哀光至美至楽つくづくの青しみじみの青

もろ人は犬の都合で歩きおり動点しばし定点となる

残光の棘《とげ》棘《とげ》棘《とげ》を雲に植え八月じいっと傾いてあり

ひとしきり犬は嗅覚になり切って日本の今日の力量を読む

＊

劣化までの時間を楚楚《そそ》と費やして色褪せて去る男なるべし

そもそもは平新皇《へいしんのう》の原型の武人の指呼《しこ》の走りたる丘

退紅の雲引っ込めてこの始末ならば俺の情操も急雨に因《ちな》もう

典型的弾性体にならんとし傍論ひとつていねいに起こす

究極の究を言わずに反り返る冬の野天の牡丹すがしき

## 第五辺　信頼へ

ならば、短歌は「禁色」を許さないか。「禁じ手」を許さないか。答は否である。短歌はじつは本来、けっして「不自由詩」ではないのだ。短歌は「柔構造の五重塔」であると、もっと認識すべきである。

「短歌は五重塔である。」

まず、姿がごぞんじの「五句」。「五句」は、すなわち「五階層」。その「五階層」それぞれが「五音」か「七音」からなり、さらにそれがそれぞれの階の中で、「三音＋二音」、「三音＋四音」等の組み立てから積み上げられるという、完全なモジュール体なのである。

では、次に、なぜこのモジュール体が「柔構造」なのかということになるが、それには前提がある。短詩形の場合には、「全体が有限である」という、書き手―読み手間の共通認識が先験的にあるのだ。

つまり、短詩形では、一般の文学作品よりも、この両者のコラボレーション的色彩が強い。読み手側に、終結が予定的にある程度見通せるため、表現の過程で、もし澱みやつまずきが起これば、読み手には、そのトラブルを回避して目的に達するために、なんとか補整吸収しようとする力学が働くのである。

定型の読者は、その予定調和を前提に作品に臨むから、想定領域から逸脱しそうになると、かならずなにがしかの補正矯正作用を求めるのである。「あれ、まてよ」が「ああ、なるほど」に変化するまでの推測、忖度《そんたく》、記憶再生、類推、洞察など、相当の努力の過程がある。実際、このプロセスがあればこそ、書き手も読み手もそのために尊い時間を割くのである。創る喜び、読む楽しみ、と言ってしまえば、それまでだが。

このことを、わたくしは見方を変えて、客体にその要因が潜むというところに光を当てて、詩形が「柔構造」だと言ってみた。実態は、作品が、あくどい、もとい、積極果敢的方向に傾きかけると、次の階のモジュールの中で、読み手はその補正を手がけ、いつのまにかケリをつけ、そのストレスを癒して収束するというプロセスを採るのである。

書き手と読み手との間に「歌心」という共通の通い路があるかぎり、つまり、「五階層」を貫く「歌心」という柱さえ通っていれば、この五階建ては、きわめて自在に自主的にバランスを保ちうるのである。この際に、二音三音のこすれあいや、散文に比べて目立ちやすい音数の過不足のもたらす「奇妙な風合い」が、先に挙げた「支援力」を駆使して効果的に作動し、収まりをつけてしまうのである。

ところが、この「自動修復作用」が実際にはなかなか効きがたい。それは、読み手が妙な「専門意識に侵されている」場合である。「こりゃあ、ヘンだ」という「お悧巧《りこう》の壁」が災いをなすのである。短歌を伝統芸能的に捉えれば、かならずそうなる。約束事違反を許さないのが、「伝統芸能の壁」だ。もっとも、こういう場合でも、ご本人方は「文芸の徒」のおつもりだから、敬意を表して「格調の壁」と言い直すくらいの雅量は、わたくしにもある。

ただ、こういう完全なモジュール体で衝撃を吸収することが、《しやすいのに、あまり多くの人がしようとしない》という事実を悲しんで、ここでぐずぐず述べているのである。「五重塔」は、中で少々暴れても壊れないほど強靱であるから、しゃちほこばって取り澄ましている必要はない。

「短歌は五重塔である」と言いたくなるもうひとつの要素に、風雨に耐えて、永く存立しているという点がある。「ことだま」として崇められたり、「第二何とか」とか、不当な侮蔑の向こう傷を負いながらも、延々今日に到っている。その短歌が、〝ケータイ〟さえも取り込んでしまうのは、「徳」というものであろう。

永い時間に耐えてきたものの最大の強みは、語彙や用法の豊富さである。闇鍋のように、いろいろな素材を持ち込んだ先達も多いから、詩語、前例などは驚異的な数と範囲に及ぶ。さらに、本歌やら、返歌やら、狂歌やら、啖呵やら、なにやら、派生が派生を生み、支流が本流になったりする。

もともと、「中央と辺境」とか、「正統と異端」とかいう組み合わせは、むしろ補完的にそれぞれが相まって機能するはずのものであるから、その混交は自由自在、にぎにぎしいことこのうえもないはずだ。広大な空間に新旧高低強弱硬軟の音響が飛び交ってよいのである。「歌心」を柱とする柔構造の雄姿、その表層を装う古今の色彩の多様さ。なおも、毅然と聳えていてもらいたいし、聳えさせたい「五重塔」なのである。

結論的に言うと、短歌はかなり「異物」に寛容なのだ。この特質を、わたくしは「柔構造性」と呼んでいる。つまり、これを利用し、そこに緊張のプラチナの導線が張られるとき、作者と読者の間に、確実な呼応に立脚した「禁断の愉悦」がもたらされるであろう。ここにこそ、短歌作家の「個別性」として新しいパターンを創出する余地がある。ところで、いつのまにかわたくしは、短歌の愉悦に浸りきって、「現代詩の軌道から脱輪」していた。

さて、【第五角】は、「五重塔」にちなむ。

【第五角】　五重塔

犬声《いぬごえ》の甲斐なくしぼむ青あらし爪牙《そうが》可憐や尾の頓狂や

一心に一心きらり溺れおる斯様《かよう》斯様《かよう》ぞかの字の斯様《かよう》

滾滾《こんこん》とト調の水はあふれつつ身を真っ青に浸し了んぬ

金色の恨事一式陽にさらし非春※の龍は眠りおりたりき

蜘蛛の絹一糸みだれて額にあり何とて寡雲《かうん》梅雨の天央

＊

胸奥《きょうおう》の五重塔を揺さぶりて疾駆の辣兎《らっと》天※へ抜けたる

おお短歌五重塔は白南風《しらはえ》にゆらりと堅実《かた》し志《し》のちいささよ

幽玄というべき歌器に有限のわたくし一基据えるしばらく

横道に小さく避けて浸りおり森《しん》たる林《りん》たる木《もく》たる思惟に

自立語と従属語とをこき混ぜて短歌一本ひょろと立てにき

震えおるはあいつの歌の三句目ぞ妖言《およずれごと》は緑葉の下

落下するへび紫陽花に触れにけり高橋みず※ほはふわりと読まん

＊

この夜は仕事果てての歌あそびほろと魂口より出でつ

軽軽しくそのうえ何とも騒騒しく立ちてありにけり歌神ひと柱

二月尽それ相応の日差しにて詩蛹《しよう》は孵化せり気魄は電離

朱や塔や　五重不滅の詩形式さて浅草《せんそう》寺《じ》庭《てい》「暫《しばらく》」の見得

八重七重浅草花《あさくさばな》の返り咲き六区見守る五重塔はも

# 第二部　嗜好への志向をめぐる思考

## ――作歌のモティーフをめぐって

## 第六辺　長城構築の必然

冒頭で、「自己の個別性」を保とうとすることに触れた。主体と環境のこすれあいは、生きるうえで不可避の事象であるが、それは同時に、「外圧との軋轢の中で、ぎりぎりの自我を守ろうとする」力を湧かせるものとなる。つぶされまいとすれば、当然、外へ外へと防衛力が迫《せ》り出そうとするのは当然であろう。普通に生きていては、自己の存立はあやうくなる。深海では、潜水服の内部の気圧を高めて、つまり、外へ押し拡げることによって、つぶされるのを防いでいる。

機先を制して外へ迫り出そうとすれば、突っ張り、見得、傾《かぶ》き、などなど、外剛の姿勢がまずは必須の要素となる。わたくしが社会的外圧に拮抗するために、いいや、負けないために、これらの態勢を整えて外へ迫り出そうとしたのは、いわば当然である。

ここからは、その経過を、「モデル化」して話をしたい。理屈を一般化して話すこととしたい。なぜなら、このあたりは多くの短歌作家には共通のもののはずだからである。もともと「生きとし生けるもの」が歌を詠むのは、庶民の思いを庶民の歴史として、庶民おのおのの、その「個別性の確認」のための有効な手立てとしてのはずだからである。「自己の個別性」確保のために、すべての「個」は自己拡張を図る。しかし、実際には、繰り出そうとするやいなや、外圧の強さに「個」は呆然となる。その瞬間、「個」は一転、防御態勢こそが必要だと悟る。この瞬間から、外部と自己の間に、防御のための城壁を築くようになる。攻、転じて防。敵の鉄騎の嘶《いなな》きはまだ聞こえなくても、戦々兢々《きようきよう》と石垣を整える。

防御のための長城の構築は、すでに必須なのである。

ただし、ここでもまた、築かれるものは、しばしば「長城」、すなわち傲然たる虚勢を示す形状となる。ここで面白いのは、たとえ相手が抽象的存在であろうとも、仮想敵を持つことは、人に旺盛な排他の力を植えつけるのである。外界からの侵略を恐れて、自国の確立保存を求めて、隣国の歴代皇帝が長城をこしらえた経緯に似ている。

歴代皇帝は、その時代時代の、そのステージステージで、必要な箇所に、「当時なりの最高技術」で長城を作り続けた、自己を防衛しようという本能に従って。このことは、国境に、じつに面白く、かつ明瞭に複数の親玉の軌跡を残すところとなっている。また、これは、わたくしの作歌史の中でも繰り返された。「自分なりの最高技術」のモニュメントとして。

しかし、この長城の宿命は、自己の尊厳を死守することをテーマとしながらも、徐々に区域を限定し、縮小の傾向を強いられるようになると思われる。押し出したつもりが、押し返されて後退し、外圧と内圧が等しくなるあたりで停止して、そこが城壁の位置となる。

そして、この城壁は、自己を中心に置く、切れ目のない《環形》となるはずである。自己防衛の環形長城は、こうしてわたくしの周囲に形成された。

【第六角】は、自分ながら、「Galaxy」という分だけ、かえってなかなか切ない。

## 【第六角】 Galaxy

由縁《ゆえん》には無縁で接し由来には無頼で返すそれがしの流儀
男鋳背中で昼寝の唐獅子や桜痛めばやっと悲しむ
向かい風血気腕力兼備しつつも風に消えたる蛇尾《だび》ぞ恋しき
無鉄砲無バズーカにて過ぎにけり紫《し》の風紋を心《しん》に刻みつ
プリズムに光は割れていたりけり割れる刹那も　俺、あるものを！

＊

ふかぶかと水桜《すいおう》ひらく水なかに地上におらぬ蝶がふたひら

懐春というにあらねどほのぼのと思いがけなき夢を果てたる

身体の正中に沿いなみなみと髄液はあり　きりと立つべし

隅隅の肺胞にまで気を満たし貝殻骨をつばさに変える

刀身につんと通った男まえ鞘を走れば稜稜の自負

寸鉄のさびさび傷むあけぼのや　しくり俠気の化骨※は疼く

猩猩《しょうじょう》と一騎討ちして夜を明かしさて朗朗と水を呑みおる

＊

逡巡とは疎遠のままに来てみたがやってみようか逡巡なるもの

半夏生《はんげしよう》老紳士とはほど遠き然様《さよう》の骨格然りの言辞

唱名をなしたることのさらになき罰当たりめの喉仏剃る

風立ちぬ、　とやら　　雄蕊《ゆうずい》不随《ふずい》曼珠沙華扶桑金輪罰讒害穽《ふそうこんりんばつざんがいせい》※

大飯を重ね馬齢を重ねつつひた高望む淡《たん》 Galaxy

## 第七辺　正十七角形の誘惑

自己をめぐっては、もうひとつの力学がある。これが、もうひとつのモデルである。

体腔内に高まる詩的エネルギーは、その本体を悩ませる。「耳に風」といった環境との接触も詩の形成の一大要因だが、心臓やら、脾臓やら、肩甲骨やら、大腿四頭筋やら、いろいろな部位から滲み出る心的内的な活動の廃棄物もまた、脳の隙間に集結していて、しばしば悲しい小細工を繰り返す。

これを「詩エネルギー」と呼ぶことも可能だ。生存活動のプロセスが生み出す廃棄物であろうが、この出所はもちろん、冒頭に述べた、現代人がその保持を求める「主体性」にほかならない。かなり強情な、かなりの難物である。

この「詩エネルギー」は、多忙多端、多労多苦、という制圧を撥ねのけ、押しのけ、脳の隙間に集結する。人類が文字を通じて思考する以上は、かつ人類に心理活動上の余裕がある以上は、この現象は、当然と言える。「生きとし生けるもの」が歌を詠む、もうひとつの事情は、まさにここにある。

この活動は、生命がひくついているかぎり続いていて、「生きとし生けるもの」に悲しい玩具の製造を強いる。そして、その玩具の製造の過程には、多くの場合、なぜかさらなる病的なまでの偏執的な精巧さが志向されることとなる。凝る、と言ってもよいこの過程は、過剰なレベルへの進化であり、かつその程度はとどまるところを知らない。人間には、本来的に精巧さに対する憧れがある。「詩エネルギー」は、その高まりとともに、徹底して整形を志向するのである。その方向は、往々、努力主義的至芸に向かう。

さて、かように、古来、ポエジーをめぐる作業は飽きることを知らない。「詩的認識」と「詩的技術」、これらの化合野合意気投合は、多くの「生きとし生けるもの」の五体にひしめく。当然、わたくしの五体にも。こうなると、わたくしでさえ、凝り性でもないのに凝りだして、偉業達成さえ目論《もくろ》むようになる。

そういう意味で、すぐれた定型詩制作の追究は、たとえば作図可能な正多角形の制作になぞらえたくなる。この、結論は理屈上判っていて、実際にどうするかが判らないところに、迷宮の前にたたずむような好奇的な快感がある。定規とコンパスを取り出して、「いざ、正十七角形の作図を」とばかり、これを実行する楽しみには、ぞくぞくさせられる。

ただし、当節は情報が豊かで、ほんの少々ネットタッチすれば、またたくまに「リッチモンドの方法」なる手法を理屈上は獲得することができる。しかし、それを、製図板上で遂行するとなれば、やはり大抵ではない。実際には、垂線を下ろすことと角を二等分することを全部で六十四工程繰り返す作業となるのだが、すこしでも手を抜いたら完成しない。息をひそめて、全神経を目標完遂のために統一する苦行である。

しかし、これもまた至高の楽しみであると言えば言える。かつ、その作図方法の考案から事を始めれば、さらにその喜びは深かろう。

ならば、ここでの丁重な工作とは何か。言うまでもない。設計思想に忠実にものを拵えることである。ここで、わたくしの設計思想をひとことで言えば、「詩的認識」の尊重である。「見たまま短歌」を少し抑えて、脳内に繋留するのだ。事象も、表層を、一枚、二枚めくって、深層に近づく。昆虫の複眼は映像をデフォルメして別の情報に切り替えるという。詩の道にある者もまた、「眼のプリズム化」が必要であろう。

　要するに、近代短歌の説く、いわば「伝統短歌式写生」は「そのままスケッチ」だったが、現代詩との「混血短歌式写生」は、「詩的認識」を経た後の「脳内物質／脳内派生物の転写」でなければならなくなってきている。


　ついでに言えば、わたくしの採る「詩的方法」では、その目的を、読み手のための「理解第一」から「印象第一」に切り替えるべきであると考えている。判りやすさを求めれば、読み手への訴求が狭くなり、印象深さを求める場合の訴求力には遠く及ばない。諸賢への失礼を顧みず蛇足を加えれば、「脳内物質の転写」はこの後者に資するであろうと信じ、そういうモデルをわたくしは永く扱ってきている。

　この印象重視のためのひとつの明らかな例は、作品に歪みを付け加えることである。しかしながら、考えてみれば、この発想は奇抜というより平凡である。なぜなら、たとえば利休の茶を疑問視した古田織部が「剽げた」碗を好んだようなものである。統制というものに懐疑的になってしまった魂が変化を求めるのは当然であろうから。変化とは、単純な興味や注意の受け皿でもあるのだ。

由来、つるつるしたものには何ものも引っかからない。たとえば決闘を翌日に控えた武士は、その夜、「寝た刃」を合わせたという。刃にギザギザをつけて対象を捉える刃に仕上げたのだ。完成体に変化をもたせて、効果を高めようとすることは、基本中の基本、むしろ王道なのである。そして、その「変化／見出し」に向けて、精巧な努力が始められるのである。

当然に、「奇歌志向」も、この流れの中に屹立する。

さて、【第七角】は、わたくしなりの「奇歌」を一連に取り澄まして並べる。

【第七角】　色は匂えよ

深海と呼ばれぬほどの深さにて駘蕩　鰭《ひれ》を揮《ふる》う破船ぞ
茄子の実のかくれ坊する町に棲むこころの破炉をほろほろと炊き
読了後胸裡ひしめく論理積こういう文を書く人もいる
楽しきは正奇あやなす徒歩の道鬱蒼の森奔騰の風
おに神の正直《せいちょく》武剛滲ませて東洋書房将門記立つ

＊

シャンデリアそこここ見える人の機微薄命の蘭白く囀《さえず》る

薬籠《やくろう》にある経験を取り出してあなたの傷にそと押し当てる

身をざくと削りつつ風は気を変えて軌道を捨てて美学に走る

思い差し鼠尾《そび》馬尾《ばび》鼠尾《そび》※と酒を注ぐしずかにしずかに今はしずかに

そうさなあおれもあなたもヴィンテージ擬《もど》かば擬き擬く擬けよ

見返れば綾織きよき渡世かな短歌の規矩は意地次第にて

根発子《コンパス》の軌跡くるりと走り過ぎ白紙は少し付加価値を増す

*

にいはりの茨危険のさざれ石の色は匂えよ虚仮《こけ》のむすまで

やさ犬のやさ犬ごころ渦巻けば手を添えておりその胸元に

切なや　丸めて立てる尾の総《ふさ》やみめんともりや俺の「雅駆斗《がくと》」や

整合の体《てい》となり敢《あ》えず四八八　七七とはなるまいぞ予の晩年はも

虎剣調唐獅子調はこと切れて空かけのぼるさふらん哀歌

## 第八辺　ジャパニスムの魔力

さて、これからしばらくは、モティーフの話になる。

近代美術史に「ジャパニスム」というものがある。ある時代、ヨーロッパの国々は遥かな地、日本の文化に憧憬の思いを募らせた。彼らの内面における文化的価値をさらに高めさせたもののひとつに、「遠さ」もあったのだろう。

それと同じくらいの遥かさが、同じ国の現代人にもある。現代人にとってみれば、そのころの地理的距離と同じくらいに、同じ国ながら、その時代は時間的に隔たっていると言える。今のわたくしに「ジャパニスム」は大いに慕わしい。

わたくしの嗜好は、近時、固有名詞で言えば、絵ではレジェから若冲に、音楽ではタルティーニから世阿弥に移ってきている。もともと親しんだ日本的なものと言えば、武道であった。空手道、居合道の武の本質に関するものから、これらの芯に居坐る「様式」や、その「思想」に深く打たれた。入口はそこである。

武道に共通するのは、「限られた空間内、自己が支配する空間内での圧倒的かつ正確な自己実現」である。自己の拳足、あるいは刀剣の制圧しうる空間内で発揮される自己の力は圧倒的である。武道では「間合い」を尊重するが、「間合い」にも「敵の間」「我の間」があり、「我の間」を確保することの重要性が説かれるが、その理由はおおむねここに落ち着く。

ところで、現在残される居合道の形は、完全な正当防衛の理に成り立っている。たとえば居合道田宮流一本目の形＝「稲妻」は、「敵の害意を察知するや、機先を制して敵の肘に抜き付け、ついで真っ向から水月へ切り下げて勝ち、残心を取る」というものである。わたくしは形のうえでは「正当防衛の訓練」をしていることとなる。

同じく、空手道制護流基本形一本目＝「四股立《しこだち》の形」は、「気力十分に四方に防備を配するも、敵が突いてくるので、受け払い、連突きと蹴りで勝ち、残心を取る」というものである。ここにあるのは、ただひとつ、「自己の空間の確保」である。

もとより、現在の法制下では、腕力による紛争の決着は非合法なのだが、すくなからぬ人間が武道に走る。護身なる実利もないわけではないが、多くの従事者は、あるいは心理上の成果、心理上の自由に充足を見出しているのだろう。

「ジャパニスム」は、本質的に、その有効範囲を限定することによって、その効力を有効化する手法を編み出した。巧みに自己空間の形成を実現するところに本質がある。武道の「間」のみならず、茶室という空間、能舞台という空間、単純な色彩の併置対比で平面を切り分ける絵画。これらの中で展開される様式化された作法は、その「練磨」を義務付け、その世界全体に所作に関する「肥えた目」を共有させるにいたる。

芸事の作法は格付け審査の対象となり、武道の形はそのまま勝敗判定の基準となる。ここで磨かれる技は、研ぎ澄まされ、ひとを倒す闘技としてさえ評価される。これらはすべて、枠組みがあったればこその話だ。

人間が自由であるためには、みずからによる限界の設定が必要となるはずであって、「婆沙羅《ばさら》」、「傾《かぶ》き」というも、アンチを含めて、理解者の存在を信用したうえでの奔放、規制の中での沸騰、つまり枠内での本領だということが知られる。限界つきであればこそ、その中での極限の実現が可能となるのだ。今日の逼塞の日々、じつに強く沸騰が求められる。境界内の沸騰や、境界内での粘りに、したたかな「ジャパニスム」の本領が見える。わたくしはこの切れ味をことのほか愛している。

短歌のことだけ言わずにきたが、短歌こそ「限定の中に多くの真理を封じ込める容器」だと、わたくしは確信する。途方もない蛇足だが、この蛇の足の確認が、じつは小稿の中核なのである。

さて、【第八角】、すこしばかり、「空手道」にもご招待。

【第八角】　兜緒

ほのと立願　帰り咲きける朝の陽におとこごころをそよがせていつ

兜緒よ絶えなば絶えね永らえて俺の戦も先途に到れば

窮に勝ち兜緒締めるねずみかな我利張武者《がりはりむしゃ》※はすでに退き

くつろぎに白色の水ぶち掛ける兜緒のあと残るあぎとに

雨よ降れ修羅曲めぐれ巻き上がれ《今ここ我》を究めんとすれば

＊

琉球の飛ぶ火であった闘心の連綿及ぶ片貝合宿

空手なる技術連鎖の精巧に外れんとして爺危うし

もとより　口半開の気合いなれば或いは八丁飛ぶかも知れぬ

黒帯に銀糸しるき「無頼庵」碧眼《あおめ》すがしきわがともがらや

若足の宙切る凄やその絶や老驥《ろうき》※もやおら櫪《れき》※を蹴立てつ

金打ちをなべて払いに置き替えてスポーツ空手となりて久しき

琉球の火は色変えて俺にある文化の燠《おき》は潜みやすきよ

*

鮫肌のぬるき血潮に触れておるそこそこ清し驕にほど遠く

虹ばしらは嚠《りゅう》と大気を鞘走る抜き身nudeの危うき限り

龍の夢　虹は要約不可なれば「雅駆斗」をとどめ仰がせんとする

武道とは怪我することと見つけたるあのとき以来絶えぬ骨傷

この日頃かたはら痛きこと多く勃然揮《ふる》う［やがらもがら］※ぞ

## 第九辺　男歌の隘路

いわゆる戦後の諸活動の副作用として、この国から、《いわゆる男性性》が消去された。無論、〝男性〟が消えたわけではなく、いわゆる〝男性的魅力〟を業として、それで飯を食っている人もすくなくはない。格技系のプロスポーツあり、女性の愛玩対象としてのマッチョあり、いじらしく耐える「ほんとうのイミで男らしい」とか言われる男性像にも人気が集まってもいる。

しかし、当今は、中世、近世、さらには戦前にまであった「男っぽさ」が尊重されることは、まずない。いや、それ以前に、議論されること自体が、まず、ない。そういう中で、わたくしは正に、その方向に大きく傾斜していった。《真空状態》に引き寄せられたのである。

わたくしのことを論ずる人は、この世にただの一人もいないので、これが唯一の分析になるのだが、「わたくし」は陰に陽に「男歌」を語っていた。もっとも、それがほんとうに目指したのは、その上位概念としての「奇歌」であるから、なんのことはない、「男歌」が、当代では「奇」に類するというように整理していただけなのである。

この今の時代は、時が去れば、「女っぽい時代」と呼ばれることに疑いはない。もちろん、この時代の〝女性性の変容〟とセットになって。

わたくしが野郎一匹の試行のテーマとして「男っぽい文化」を選んだ、その最大の理由は、この方向は、この時代、利にさとい人々は絶対に選ばない選択だという確信があったからだ。正直に言えば、「男っぽい男」が、今の言葉で言えば、既絶滅種であり、世上、「男歌」として挙げられるのは、その後継者とはほど遠い、色相不明の彩度ももやもやの不思議な代物だったからにほかならない。これは不当だ。

しからば、ここで言う「男性性」をお示しせねばならない。つまり、こういう以上、「男性性という概念」には姿形が要る。象徴が要るだろう。世上、低迷している概念の蘇生のためには、その突破口たりうべき実物見本が要るのだ。ここで、問わず語りにみずからの工房をあばけば、わたくしは「男性性」を顕著にするための方策として、次の「三種の凶器」を持続している。

その第一は、精神集中、自己観照の象徴としての「刀剣」であり、ついで意思実現の動力としての「意地」であり、その第三は前記のふたつを統合する、一人称としての男道の実践者たる「俺と呼ぶべき自我」である。

第一は、刀を観る行為、振る行為は、自己観照の時間である。これはこう書くだけで完結するだろう。

次に、意思の実現の規範としての「意地」について、すこし敷衍《ふえん》する。多くの社会的行動は「合理性」や「社会規範」にのっとらねばならないが、文化的行動となると、その規範は行動者の個人意思しだいで多様になる。この場合の行動規範としては、好悪、損得、可能性の程度等々が挙げられるが、人によってはもうすこし違ってくる。たとえば「誰もやろうとしないからやる」という意思決定もありうるし、「道徳心」やら、「自己顕示」やら、さらに加えて、単なる「出しゃばり」「お調子者」としての行為もありうるであろう。

江戸時代の闘争の原因に、しばしば「武門の意地」ということが言われた。強者の驕りや専横に対して、義を見過ごして尻尾を巻くことは恥とされ、それらに太刀打ちするときの名分を「武門の意地」と言った。いわば存在価値死守のための境界ぎりぎりの意思表示である。当節流行の武士道論ではあまり触れられていないが、忘れてはならない武士道の随一と言ってよい中核が、ここにある。

もっとも、『御旗本心得』などという書物には、武家の仕事は「人殺し奉公、死に役」と書かれてあった時代であるから、このころの行動規範は正に命がけ、この覚悟がなければ、意地の出る幕はない。

ここでは、これをものものしく、「意地とは意識的な自己の尊厳の保持」と言い換えておくが、じつに、せせら笑えない徳目なのである。

そして、第三の凶器とは、一人称の選択。「われ」は、どうしても使えない。「われの」は生涯で数度使ったが、「われ」は、熟語成語以外では、ないつもりだ。わたくしが使うと、「われ」にはどうしても滑稽さがつきまとう。ゆえに、自己に近い一人称として「俺」を好んできた。最近は、やわらげた「おれ」を増やしつつも、「三種の凶器」は、まだまだ短歌の神様に奉還するつもりはない。

【第九角】は、男歌に親しみやすい「酒」も取り込ませていただいた。これは、じつは、「四種目の凶器」である。さて、ここではせいぜい男男してみて。

【第九角】　獅子吼空咆

遠遠しくシリウス吠える深空やここなる獅子は五節空咆《くうほう》

あきらかに火に酔うておる月あれば《孤高炉《こころ》》※の銑《ずく》を戒めんとする

疾風一騎　紆余どんよりの田の道に標《しるし》つけんと走り来たれり

月を洗い且つ拭きながら歩くのよ　あたら、惜しくも、男盛りを

ひと息に大硝子器をかたむける口腹の欲いつになく湧き

*

にが戯れのあとの疚《やま》しさ抑えつつ盃かたむける桜下白昼

《逆鱗《げきりん》》の色を問いつつ酒くだす浅酌、管は巻かずに伸ばす

酒《みき》すがしけれど妙に奇特な歌詠みの通有性をもてあましおり

《菊姫》が胃腑で闘う気配するさなり対手は陸奥《田酒》にて

《菊姫》の酒位に劣らぬその曲《くせ》をそも脊椎にいつから有《も》つか

大手町月を肴に呑む酒にじわり傾く魁偉《かいい》の機構

好漢のいくらか沈む箸づかい泣きの海男子《なまこ》をつつきつつ呑む

*

横道を王道となす趣意ありて口堅く結ぶやつの青春

零時過ぎ若者の眼の峻険にさびしや予輩後れんとする

闘器たるわが六根の猩猩《しょうじょう》や名は錆びたれど肝は寂びざる

菊の水の醇わきまえていつよりか喧嘩買わずとなりて候

杯を逆《さか》に振るいて昏昏と硬式短歌言い募りおり

# 第十辺　刀剣への収斂

わたくしの生涯に、「神秘」と思われるものが二つある。ひとつは「刀剣」。もうひとつは「犬」であるが、ここでは措く。

わたくしが手にするのは、文部科学省認めるところの「美術刀」ではあるが、取り扱いは「武術刀」となっている。つまり、しばしば素振りを試すというほどの意味だが、この行為を通じると、この中には、やはり生命が宿るように思われる。「神秘」というゆえんだ。

思えば、日本刀は不思議な器物で、生命を断つことを目的に製造されつつ、平時は家宝に準ずるほどの処遇を受ける。そうは言いながらも、運の巡りしだいでは山野に朽ち果てることも多い。

ところで、わたくしの身辺の話だが、家伝来のものはことごとく、あの不毛の戦争の際に、時の権力に協力的な当主が手放しているので、わたくしの手元には、わたくしが成人後に求めた古刀があるのみだ。室町期のもので、もともともっと長かったものを摺り上げた形跡があるとか、そのためか、無銘であるとか、刃渡りが幕府所定の定寸である二尺五寸より二分五厘長いとか、玄人受けする素性だという。要するにすこしヘンで、そこが気に入ったというしろものである。

もうひとつは、時の権力に非協力的であった烈婦然とした祖母の嫁入り道具であった伝家の懐剣である。何やら銘があって、友人にいたく褒められたこともある。

刀剣の、わたくしにとっての《徳》はいくつかあるが、まずは、とにもかくにも防衛機能。ついで、身体の鍛錬機能。ついでに心理の安定機能を挙げたい。

さて、刀から漂うものを突きつめて言えば、《微》につきる。日本風の文化の多くは《微》に連なるが、このものも例外ではない。刀身に打粉を振って拭いをかけ、丁字油を塗る作業を思い起こしても十分、「ジャパニスム」とは、わたくしにとってきわめて微温微香的だ。

さらに、刀身には眺めさせるに足る力がある。なにかと解説を加える人もいるが、刀身の美貌はそれを超越している。ときおり女性の美貌を縷々つづる文章を読んだり、ワインの何たるかを文章でごにょごにょ説く人士の高説にも出会うが、そのたびに、美に浸るには、視覚であれ味覚であれ、共有のための術語は不要だという意識を強くする。刀身自体に潜む《微かなるもの》や、その手入れのための《微かなる所作》をもって、日本的なポエジーは現代の大気に瀰漫《びまん》するのである。

モティーフとしての刀の魅力は、その「限定性」にある。本来の機能を封印された、つまり鑑賞は許すが、行使は許さないという限定、存在価値の八割を認められていないという不自由さの中にある。

ひとつ、余談。というより、美談。というより、快談。武田信玄の所蔵とされる短刀に、《おそらく造り》と称されるものがある。中子《なかご》には当時名代の刀匠の銘があるが、このものの特徴は刀身の半分以上が切先となっている点で、このこと自体が正統な作刀法を大いに逸脱しているという。一般には、切先部が長すぎると折れやすく、抜き差しに不便であるとされているのだが、この刀工は切先部の長さに伴う切断能力の高さを最大限に活かそうとしたものだと推量されている。

無論、不利とする定説は承知のうえで、無視して敢行されたのであろう。美しい自負だ。さらに、名称のゆえんとなったこの刀身に彫られた《おそらく》の文字は、「おそらく世間に類が無い」を示すものであろうと言われている。快哉。

木刀もまた、美しい。これは鹿島香取両神宮の木製の神剣以下、重軽長短。みな同様である。


【第十角】の「讃刀」は、耽溺のそしりをいただいてよい。

【第十角】　讃刀

刀身の驕りの初夏の美しさ小手を返せば空も従う

刀身は正しくおれの歌枕過言を封じ清く反り映え

恐らくはいくつかの命絶ちにけん数百年の刀《とう》の精髄は

斬り断つを目的としてこの姿鋩子《ぼうし》※とがりの峻の宿命

剣尖に損なわれざる雅びあり初夏ほの鈍き魂魄の色

＊

刀身の重み効かせて振り下ろす由来殺気の実現である

抜刀より納刀までの束の間を生きるというぞ微塵《みじん》、隙なく

当世紀の立方体の水槽に刀たずさえて茫と立ちおり

のう直刃《すぐは》不毛の父祖のかなしみも折れずにひしと耐えておりしか

定寸《じょうすん》に収まり切れぬ境涯を憐れみ嘉《よし》しいざ抜かんとす

刀身の寸まで決める幕府流　頑たる意地に二分五厘伸ばす

当今は武士の《一分》売れておるこれのあるじの意地は二分五厘

*

序破急の急とや瞋恚《しんに》立ち上がり柄《つか》より天に修羅を放てり

立秋に「いざ鈍刀《なまくら》」を取り直す不抜の研究不発の考究

懐紙にて霞ぬぐえば歴歴と刀《とう》の凄みは滲み出でにけり

木刀に条あり痕あり輝りもあり秋は戸外に立て掛けるべし

あおあおと刀身ひとつ冴えておりそうだな鋭意生きてみようぞ

## 第十一辺　残侠のエトスへの傾倒

自身の歌を個人の感情だけにまかせて歌うのは、いささか心もとない気がする。個人はあくまでも気まぐれ。気まぐれには一本通った筋がない。かといって、時代の事象をそのまま歌いこめば、パブリックとの価値の共有だけは可能であろうが、これはまちがいなく「没個性」に転落してゆく。

わたくしは、テレビがカメラを据え続けて日に夜を継いで放映した、いわゆる「大事件」を観たことがない。できうるかぎり、目をそむけた。多くは、仕事のつごうで家にいないという物理的事由が大きいが、家にいて、家人が見ていても、その場に近づかなかったのは事実だ。

「東大紛争」「三島事件」「浅間山荘」「アポロ月面着陸」。国民的目線という言葉やら、レポーターの異常に興奮した口吻（こう書くということは、つまりはすこしゃあ観ているのですね）が、そうさせたのである。いずれにせよ、こういう形のものは、個人を呑み込む津波であり、「没個性」以外の何物でもないという思いだった。

個人的でもなく、国民的でもない、残る精神基盤はひとつしかない。つまり、わたくしにとって、〝ポエジー〟として取り込んで価値があるものは、唯一「エトス」である。「エトス」は、ご承知のごとく、「その社会集団にゆきわたっている道義的な慣習、雰囲気」であり、これこそ、社会と個人のほどよい融合物である。かつ、この「エトス」なるものの実態は、その所属集団、会社やら職能やらについても驚くほどに顕著であるのは、諸姉諸兄ご体験のとおりだ。

近代思想あまたあるけれど、「残侠のエトス」以上にわたくしのこころを揺さぶるものはない。この思想を、殺し文句で言えば、「馬鹿を承知のこの渡世」であり、「ショバが命の男だて」である。要は利に走ることを恥としての自滅につながりかねない廉潔さにこそ、その行動価値があるというものだ。つまり、先に書いた「意地」の典型的純粋発露である。

しかし、この発露は、実社会ではなく、映像内での物語。モデルは生命のやり取りを伴なう、完全に反社会的行為の連続である。しかしながら、「残俠」の「残」は「絶滅危惧下にある」ことを示し、「俠」は「義の典型を具現する」ことを示すなど、「男歌の隘路」を十全に賄って釣銭すらくれる。

現実にはありえない《義》のために、《空しく》《敢えなく》果てつつ、《末路》の快感に自足する終結。ならば、その思いはどこから発生するのかと言えば、つまるところ、自己の社会観の全うである。つまり、「残俠のエトス」は、他方で「異」への志向でもあり、それによってのみ報われる「開き直りの豊饒」でもある。ここのところなら、実行は可能だ。

高校の「生物」の時間に「リボ核酸」「デオキシリボ核酸」というのが出てきた。数十年後に、この「デオキシリボ核酸」こと「ＤＮＡ」が比喩として蔓延しようとは夢想だにしていなかった。つまり、当節はきわめて比喩の盛んな時代に入ったということなのだろう。

ふと思い出すと、「残俠のエトス」礼賛は、そのままわたくしの体内の「敗亡のデオキシリボ核酸」のもたらすところなのであろうかという気もする。「敗亡のDNA」などと書くときには、わたくしの四代前の父祖が、維新後のいわゆる不平士族の乱の首魁《しゅかい》だったと聞かされたことが、すこし意識に上ってくる。本論から逸れるが、あの一連の反乱は、イデオロギー的ではなく、むしろ意地の産物だったようにわたくしには思えたりもする。

余談が雑談に陥るが、わたくしの父自身も、明らかに「最も権力のあるもの」「最も人気のあるもの」をすくなくとも意識下では忌避していた。わたくしも幼時から、「最も強いといわれる集団」をひいきしたり、「最も人気のある個人」を愛することは恥ずかしいことであると決めていた。長じて、権威者に近づくことは卑しいことだと思うようになった。親しくしていた人間が時流に乗ると、わざわざ疎遠になろうとした。いい塩梅《あんばい》にむこうもまたそうしてくれることが多かったので、恥ずかしい思いをせずに今日まで過ごしてこられている。

そして、これらはすべて、情緒的に捗《はかど》るものだから、これは知性、つまり後天的な獲得性質ではなく、情緒、つまり先天的な性質、つまりつまり、「ＤＮＡ」によるものだと推論するにいたったのである。

ついでに、生物学では動植物が何かに向いたり、逆に何かを嫌ったりする性向を、「向」や「背」を冠して、「向日性」とか「背地性」とか言うが、それに習えば、わたくしには、どうやら「向敗亡性」がある。

さて【第十一角】は、その名も「残侠のエトス」、二十一世紀の最新作に御座候《ござそうろう》。

## 【第十一角】 残俠のエトス

伝法は品あらざると知りながらことのついでかとどの詰まりか

《度胸花》空につん抜け咲く夕は俠《きょう》のメッカの浅草《えんこ》に到る

修羅ひそむ上目づかいの男前そうさな俺の一炊の夢 (花田秀次郎※)

六区には六区然たる俠《おとこ》いて俺の雪駄はせつな顔する

春天下青く錯誤のさくら花おのがじしとて風に咲き勝つ (御衣黄※)

心《しん》痛し《歌俠》気取りの歌心張り詰めおればきちきち痛し

＊

空手道剣道歌道居合道危道没義道《もぎどう》異風漂漾《ひょうよう》

男だて天だて地だておいらだて袈裟懸け走るみどりの殺気

男だてぶつりと裁てば漂泊の白おおとりは悠と滑空

俺なりの端倪《たんげい》そらに架けるとき得たりおうとや電閃走る

暑気猛猛　守るも攻むるも白金の《どんより坂》※にひとり来たれる

黒杯に男多恨の酒の揺れしばらくねむれおれの負け修羅

＊

不可逆の綾織りなせる敗亡美　将門　義仲　正成　幸村

回想につねに破綻がつきまとうされば開墾大根ばかり

《金色の小さき鳥》には見えもせず　銀杏葉ふらり寧《むし》ろ山頭火

ったくもう「おまえのせいだと雨が降る」※Chanson は濡らす俺の遺恨も

足曳きの病にあらぬ捻挫にてくる歳くるぶし言祝《ことほ》ぎにけり

# 第十二辺　逸走へ

わたくしは自身の短歌を暴走させたがる。「短歌交通法」には常に明らかに違反している。取り締まり官がいないので、いまだに免許は取り消されていないだけだ。あるいは最初から無免許であるのかもしれない。

ところで、道路上の高速走行愛好家の間では、「直線番長」なる言葉があるという。カーヴのようなところでは大したことはないが、直線走行にかぎり猛スピードを出すという。つまり、テクニシャンではなく、ファイターだ。ほほえましいかぎりだ。またまた反社会的行動の例だが、限定された区域だけででも、最大出力を試みることは愉しそうだ。「短歌交通法」を恐れずに。

しからば、「短歌的暴走」とは何か。ひとことで言えば、「言語秩序のねじり」と「特徴語の駆使」であろう。いくらでもない。ともども、語彙、語法、それぞれ良い役者になる。せいぜい引き立てよう。

その昔、雅語、漢語、俗語を併せ入れている自由奔放な『将門記』の文体を評して、著名な国文学者が「乱闘式文体」と評したことがあったという。こういうものを読むと、その評者の先生に感謝状を出したくなってしまう。批評の逸走の例だ。現代短歌をむさぼり読んでも、要するに言葉の本来の魔力というものを、まだまだそれほど活かしきってはいない。

短歌制作は言語の核融合だ。詩想が詩想を呼び、思想もまた思想を呼ぶ。自己増殖こそ、文芸の独壇場である。神経系統の発達は、神経節ともいわれるシナプスの新経路の生成だというが、思索や詩作に没頭するとこれらの形成活動はどうやら暴走するらしい。こうなれば、自己増殖を超えて「事故増殖」になる。そして、「空想の所産」は大いに「とがる」ところとなる。

「詩がとがること」とは言葉の饒舌化であり、戦闘化である。バブることであり、武張《ぶば》ることである。短歌で武張るとは、〝古典的象徴的男性性〟を強調する、あるいはことに賑々しくふるまうことなのである。感受性にも複数あって、ある細部の表現がある感受性に、別の細部の表現が別の部分の感受性に、同時に襲いかかるものではないかとかねてから考えている。そうなると、ひと並びの構造ではものたりないとする読後感が出てきても、不思議ではない。重層構造、二点同時襲撃、などなど。

短歌のエナジーが時に大きくよじれて、ギャグを大仰に演じたり、アミューズメントやら、一発芸に徹するとしても、短歌というものが、結局はわたくしにとって「生涯の集合物」としてついてまわることを考えれば、そのひとつひとつが多少突起したところで、それはささやかな起伏にすぎないのである。

「個別性」を求めることの、いわば影のような存在として、矛盾するようであるが、かならず出てくるものは、他者との通底である。しかし、これはよくよく考えれば当然のことで、そもそも短歌は読み手が短歌の本質を承知したうえで、いわば「読みに来る」世界であるから、作者は当然、読み手を意識して暗号を封じ込めることが可能となる。

ここに、「こころある人にわかってほしい」というcodingがあり、これが僥倖に恵まれればだが、decodingというプロセスの結果、「了解」となるケースもしばしばあるのである。

喩を沸かし、地口に落とす「ギャグ短歌」というのもよいし、歴史的自覚を伴いながらのパロディもまた、魅力の宝庫である。パロディの妙味は重層構造の猛然たる魅力的展開である。また、すこしずらして言えば、文化資源の再利用であるから、当然、今ふうに言えば、「省エネ的エコ」だとも強弁できようか。そのじつは、制作に多大のエネルギーを要するのだが、そのぶん、輪廻転生としての文化的価値は捨てがたくなる。

この作風は、二重奏三重奏を実現するので、華麗に言葉を咲かせる有益な手段となる。誇張が全面的に許され、破壊本能も達せられる。自己の思想、鬱屈の発露でもある。捨てがたい誘惑がある。

だが、制作には個別化が必要で、流通には同化が必要であるというのも事実。「パブリック」なる概念は、生涯のあらかたを不遜で通した身には、ついに不知の存在であり続けたが、つい先ごろ、ある機会に蒙を啓かれた。要するに作品を公表する以上、公共との同化は意識されねばならないのである、と。しかし、案ずるよりなんとやら、「ストレート」はパブリックに近いかもしれない。

さて、【第十二角】の「婆伽梵」は、ばかばかしくて直視に耐えない。

## 【第十二角】　天際の婆伽梵

惜春や　惜夏惜秋惜冬のおとこ心を啜りていたる

天際の婆伽梵なれば肩で風六十余州にかくれなきまで

言われりゃあ《直線番長》そうだなあカーヴ減速しんより苦手

淡蒼球※に憂い兆せば空を見下ろし聖婆伽梵《ばかぼん》を名乗らんとする

婆伽梵はブッダの尊称それならば悲傷飛翔の日日は転陣

＊

脛白《はぎしろ》の命雌鹿《めじか》の恋少女川に映りつつ花語りせよ

予の思惟の六面体の片角にひっかかりおるこの魔女思案《マジッシャン》

そんな役とんこつラーメンがらじゃねえそういいつつもその役を執る

柄《つか》れたる面胴くせえ今日の日は何も竹刀《しない》で籠手《こて》と寝るべし

駄駄《だだ》と駆け慟《どう》と倒れて我馬《がば》と起き麒《き》と睨んでも　あとの祭りよ

おお寒！　トラブルサムの白昼暉《はくちゆうき》せなに負いつついくさモードへ（宮本武蔵のように）

赤き陽の《まるくしずむ》を見ておりき　思春終わりのわが黎明期

＊

弥生《いやおい》の果てて白昼まっ盛り一天地六の一は太陽《おおひ》ぞ

柔道は硬式ならねば創始者を嘉納ジゴロと呼びて親しむ

この十日帯分数の悲しみが柄《がら》にもねえぜ俺にまとわる

半世紀ペテンのうちにくらぶれば破れの風骨かぶれの奇骨

月《しまほし》はおごそかに熟れうるみおる平将門蓮阿弥陀仏

# 第三部　主体と環境

## ——作歌のめぐりあわせをめぐって

# 第十三辺　詩的認識の方法／流転するポエジーの回収

いちばん見飽きないものは空だ。おそらく、ほとんどの人間がそう思っているだろう。多くの場合は雲があるので、その概観やら細部やらを見比べていると、限りなく面白い。車窓から外を眺める楽しさもあるが、変化という意味では雲が数段上である。雲のない空のときも、その青の濃淡を眺めていると、けっして飽きることはない。空を眺めているときは、どうやら同時に時間を眺めているようにも思われる。空間と時間が混ぜ合わされているのが空なのだろう。

さて、こうして去来するものの前に立ちつくす、あるいは立ち働くわたくしの精神の軸に絡みついてくるポエジーとは、そも何であろう。空間に存在する自己には、受容器、感覚器があるのだから、これに触れることが、まずは認識の出発点となるのは当然だ。わたくしたちのめぐりを、さまざまな社会事象が大きなうねりをもって自走しているから、わたくしたちはいろいろな形でそれに遭遇したり、時には進んで接触したりする。しかし、実際のところは、その触れ方はかなり限定されている。

こういうナマの出会いを考えるときに、動かしがたく思い出されるのは、数学の代数のグラフの《切片》という概念だ。ある点を原点として、そこから縦軸と横軸を延ばして、ありとあらゆる平面上の存在をすべて点として、座標軸上に整理して表現するという、じつに明晰な世界だ。

このときの縦横両軸には、世の中のすべてを数値として、既定する役割が与えられている。世の中の現象を対象として見究めるための準備作業だと言ってよい。そして、この空間の中にある社会事象という関数がいろいろに動くのだが、わたくしに感じ取られることと言えば、それは縦軸や横軸と交差、つまり、わたくし自身と接触するところだけなのである。この関数が軸と交わるところを《切片》と言ったが、結局のところ、身にしみるのは、この《切片》だけなのではないか。

たとえば、ある経済事象という曲線を表わす関数の場合、個人の「理性」を表わす縦軸であるY軸との交点が、つまりYの値（「厳しい情勢だ」）となり、同じ関数が個人の「感性」を示す横軸であるX軸と交わる点が、つまりXの値（「これじゃあ生活できない」）となるのではないか。

複雑な広がりを持つ社会事象も、詰まるところは理性やら感性の軸に触れたとき、《切片》というきわめて単純な値としてしか現われないのではないか。社会事象にはいろいろなものが広範囲に影響するけれど、つまるところはわたくしの軸に触れた値をしか、わたくしたちは認識することをしないのだろう。この《切片》となるタイミングこそ、短歌作家にとっては、そのまま歌の《作機（「作歌の契機」、ここでは以降、作機と称する）》なのである。

一方で、作歌主体の意識は途切れることがない。不確かな動画カメラは回り続け、精巧とは言いがたいヴォイスレコーダーは回り続ける。加えてサーモメーターも記録を取り続けているし、家庭電器ではまだ開発されていない嗅覚記録計も、人体の有効期間分だけは機能し続けている。つまり、人間の五感あるいは六感の記録は、常時され続けている。

これらの機器のうち、ひとつの針が大きく振れれば、それだけで《作機》を形成する。この針を振れさせるものには偶然も必然もある。空間に捉えられた《作機》にすべて支配されているのである。

自然現象との出会いや、人間関係上の気づき、自分史上での驚きということは、ことごとく《作機》となる。たとえば、流星との遭遇のような天与の僥倖の瞬間もあるだろうし、逆にこの瞬間に自分は年を取ったと痛感するような感懐を持ったという不可逆の瞬間もあるだろう。

かつ、この「シャッターチャンス」は、偶然かと言えば、そうでもない。いずれ、爛熟して落下するであろう木の実にシャッターを向け続けたり、日の出の瞬間を待ち伏せるシャッターもあるはずだ。

むろん、意図的な仕掛けも可能で、離別の歌を作ることを目論んで、《叶わぬ恋》を設計することだって、やろうとすればできない話でもない。こうなれば、必然の出番も多くなる。ポエジーは動く。ポエジーの要素としては、主体的要素ばかりでなく、《偶然性》

《必然性》《恣意性》という環境的要素も付け加えねば、その連環は完成しないのである。

だが、こうして捉えられたものを「詩的認識」と呼ぶためには、じつは、もう「ひと手間」要るのである。それは、詩であることの必要条件、「新規」であるための「ひと手間」である。

「新規であれ」という、わたくしの出発点で自らに課したひとことは、いわばライフワークの枕木となっている。「新規であれ」ということの本質は、たとえば短歌に記号を使うとか、分かち書きをするとか、横書きにするとか、ローマ字書きをするとかいうことでは断じてありえない。作歌の大前提がまず問題となるのである。

「詩歌は自己の投影」であることはすでに自明であるが、これはけっして「みたまま書き」の上には成立しない。散文ではないのだから、実態の伝達という機能はそれほど重要ではない。意味の伝達よりも、印象を深めるための作業に本質がある。

まとめよう。「詩的認識」とは文学的詩的見地から、いったん突きつめて考え直すこと、つまりは、「脳内物質を現代短歌として成立させる」という自意識のもとで、詩の原型を握り締めなおすことである。自分の目で、これは「現代の詩たりうるか」という自己鑑定をなすのだ。言ってみれば、作者個人の裡にある「現代短歌認証機構」に質《ただ》す「ひと手間」が確実に必要なのである。

わたくしたちは子規の時代をすでに遠く離れているという認識を持つ必要がある。こんにち現在の写生は、いったん揉んだ後の「脳内物質の転写」でなければならないのだから。詩的認識には、多くの場合、いったん、非言語化することが適切であろう。なぜなら、おおむね詩は多くをその喩に委ねるからだ。非言語レベルの方が明らかに喩に近接できるのは自明だ。

思えば、わたくしの思いも、歌も、流転のつづれ織である。よって、【第十三角】は、「流流転転」と名づける

【第十三角】　流流転転

純情が一本独鈷《どっこ》立ち上がり指呼《しこ》して曰く「桜は詩刑」と
僻《ひが》ごとをあっけらかんとうち忘れ風に咥《くわ》える非理の建白
怠惰《のらくら》に磨き掛けんと思い立ち止めんとぞ思う「日本経済新聞」
二次産業俺の周囲の光景の rush, lash は荒磯《ありそ》の夢幻
ぎざぎざと桜の下を行きながら反・反転も考慮に入れる

＊

明け方は小さい星が泣くばかり濃く歌いたる歌歌への帰責

血染めなる夢はだらりと木にかかりある種『記憶の固執』※をさらす

近郊の小湖にうかぶ廃舟に流流転転の痕跡しずか

明らかに思惟が自己増殖する事例かなりやばいぞ脳裡風花

確信的悪意者ひとりあれにおる対応すべし俺のパラメタ

こみ上げるはさても知的に慇懃《いんぎん》の呼気であるのでしばし留めおく

準颯爽というレベルにて風に吹かれ再び戻る俺の循環

＊

ねんごろに時を束ねるしず心　弱気の虫の立待月や

田の風や色即是空即是空筑波背後に立春控えおる

木蓮連翹桜牡丹と引継ぎて柄にもあらぬ花酔いの頭や

雨雲が決心をして雨となるその瀬戸際は少し悲しい

あやかしを酒肴に枡を重ねおり倫論乱論出でよ妖怪

## 第十四辺　詩的技術の方法／自走する自己

短歌を読む楽しみは格別である。いくつかある。まずは「共感」。〝そうだね〟に出逢うと、楽しい。これは、言い直せば、作者の「趣向」を楽しんでいるということでもある。次には、作者の「技術」を楽しむということがある。〝うまいね〟〝なるほど、そう言うか〟である。技術の際立つ作家の歌集は繰り返して読むところとなる。

もうひとつ、ある。これは「奇跡的な共振」とも言うべきものである。「共振」が「共感」と違う点は、「共感」が「表現」において素直に知的に判るのに対し、「共振」は「非言語領域」にまで遡って心情を揺さぶるものであるという点である。このような、読み手のこころにずしんと触れるときというのは、「この歌を作った意図が判る」、あるいは「判る気がする」という、つまり、表現の根源、《作意（「作者の意図」をここでは以降、作意と称する）》にまで遡って、正に知的に意思の疎通ができたように「実感」するときなのである。

もっとも、わたくしの方も、これを迎えにゆくという行動様式を備えている。これという作品に遭遇すると、正に一心に作中の「違和」「奇異」を掘り下げてゆく。そうすると、かならず逢着するのは作者の根本的な《作意》なのである。この事実一点を踏まえながら、ここからは、詩的技術について、やわらかく考えてみたい。

「人は語れる以上のことを知っている」と、よく言われる。このことは、言い換えれば、言葉で表わせない高次の知識・感情を人間が持ちうることを示すものであると同時に、平常の言葉の通則を揺さぶりつつ、通常、言葉にならない「暗黙知」の部分にまで立ち入って、読み手の理解を求めるという制作活動もまた成立するということである。

もっとも、わざわざこと新しく言わなくとも、詩的感動とは本来そういうものであったのだけれども。蛇足、蛇足、大蛇足ながら、「奇」によって、これを実現することを、あらゆるジャンルの中で、ひとり、いわゆる〝主流的現代短歌〟のみが、これを忌避している。「わからない」「書かれていない」という古典芸能的評辞のもとに。

ここで、のさばりついでにもうひとつ、知的生産物の本質について触れてみたい。唐突だが、ご参考までに、「特許法」の概念を引く。特許となる、つまり知的生産物としてパブリックが価値を認める要件はふたつしかない。《新規性》と《進歩性》だ。

ここでの《新規性》は、「まだ世の中に知られていない」という程度の意味であるので、ひとり《進歩性》が問題となる。

《進歩性》とは、「その発明の属する技術の分野における通常の知識を有する者が、容易に発明をすることができたとき」、つまり「容易想到性」があると判断されると、それは《進歩性》がないので特許とは認めないというものだ。「意匠法」でも、同様に、「その意匠の属する分野における通常の知識を有する者が、(略)これらの結合に基づいて容易に意匠の創作をすることができたとき」は意匠登録を認めない、という。つまり、権利の成立は「創作非容易性」を要件としている。

ご理解のとおりだ。「容易」「非容易」をもって、《進歩性》を判断するのである。つまり、「容易でない」もののみが知的財産として承認を受け、保護されるのである。

もとより、一首一首にこの考えを注ぎ込めば、歌は引き裂かれるか、黒焦げになる。が、しかし、ひとりの作家の「集合物としての短歌」に対しては、「進歩性」や「創作非容易性」を意識して作り続けるということこそが、「新規であれ」の命題に唯一適う方法であると固く信じている。

《進歩性》のある歌の実現は、歌群としてまとめてみても、実際問題としてはかなり難しい。不可能に近かろう。しかし、そう構えて拵えることにこそ意義がある。すくなくとも、「容易想到性のフィルター」を持つことくらいはしてもよろしくはないか。

先ほどの《作機》に倣ってこれを呼べば、《毒気》ということになろう。《独気》と呼びたい衝動もあるが、ここはすこし抑えて、《毒気》とする。わたくしでさえ、清書の前に、スプレーで《毒気》を当てる作業はほぼ励行している。

「前辺」では、自己の感覚界に入ってくるものを捉える話をしたが、これは作品の対象が作者と触れ合うまでのことであった。この後に《毒気》を求めるには、それなりの工夫も要る。自己の感覚界に入った対象を、「詩的認識」と嘯きつつ握り直すという過程の次になすべきことは、その対象に襲いかかることではなかろうか。自己の視座の最適解を求めつつ、アングルめまぐるしく転換して対象にまつわるなど。

さて、ジェットコースターにはいくつかの魔力がある。その魔力の本質は疑似体験に帰着する。疑似墜落、限定的宙返りなど、想い起こしても、リンパが沸き、腱が踊るのを禁じえない。

ジェットコースターの楽しみは、三次元の曲線の上を身体が滑走していくことにある。ここでは、視界が瞬間瞬間に遷移する。この、「自走する自己」も数学になぞらえるならば、曲線状を移動する線上の点ということになる。この点に垂直に接する線を接線というが、この接線と先の座標軸の角度は時々刻々変わる。

ジェットコースターに乗って、軌道が上を向いているときには大空（天）が見え、下を向いているときには大地（地）が見え、平らなときには人が見える。しかも、角度は時々刻々、急速に変わる。この変化は微妙なものの集積であるから、ときには時間のスライスも必要になる。

やれやれ。「詩的方法」として、より大切なことは、「創作非容易性」を可憐、外連《けれん》にも夢見る「襲撃的自走」なのである。

そして、【第十四角】、あれこれ考えると、「ひとりぼっち」に気づく。

## 【第十四角】　ひとり法師

生き急ぐ犬と昧爽《まいそう》駆けており蹴るなよほうら蟬の鳴き骸

沖合は黒潮蒼きやさ心うたてや俺にノスタルジーきざす

海風がやくざに吹けば拉《ひし》がれるその他大勢の中の一羽ぞ

泡立ちの機微とや水の渦巻くにひとり法師の乾くまでおる

妻という見慣れた顔の輪郭につとかすめたる初秋のきざし

＊

刀身に打粉を振ればまぎれなく微温微香のジャパニスム降る

将門の「火雷天神」荒れたればふりさけ仰ぐ史の式次第

ほかならぬおれの両腕競わせて禁忌その実をちぎらんとせしも

美俗だと？　ハーブがくれの淳風にまゆなき眉をひそめたる猫

当節のかすれ文化の風へらり如菩薩恬《てん》と筑波むらさき

壮年を序破なずみつつ生きてきて急に入らんと調息しおり

夕日影こころほろろとするにつき犬いだきおりあたたかき犬

＊

執行の機関と自己を規定して鼓舞に使嗾《しそう》に一日を費やす

実行に自己の機能を帰納して「以蔵」※不敵の眼光はある

春寒の竹の梢のしなうときびりりと見える廉恥《れんち》の破片

ことごとしく突きて放して見上げれば天女の領巾《ひれ》がゆるゆるとゆく

鯉口を切るを契機に別れたる刎頸《ふんけい》のやつ来世はもうない

## 第十五辺　経年の中での肉体

川風を受けている。小貝川。関東では暴れ川で知られ、破堤の記録もすくなくない。皮膚で風を感じることも生の贅沢であろうと、それこそ身に沁みて思う。

わたくしは、肉体が時空の尺度の単位だと、つくづく思う。もともと距離を思うときだって、「一里は半時の行程」というのが基本で、それを他の移動手段で換算しているのだし、歴史の一世紀を百年にしたのも、千年や十年より一生に近い単位を求めたのだろう。要するに、「時空の単位は肉体」なのである。

考えてみれば、自身の肉体を歌うということは妙な話だ。肉体の一部位である脳が、あれこれと他の部位を論評することになるのだから。このところ、自作のことを少々こまかく考えていたら、自身の肉体については「機能」を取り上げ、他人様《ひとさま》の肉体については「形質」を書いているということに気づいた。やはり、自分のものはごく自然に内側から発想し、他人様のそれは判らないから他の事物と同じように表層を観るしかないのだろう。むろん、自己の肉体の認識とは、なんのことはない、《自覚》なのだ。

自己を原点として時空を計る。ただし、その原点の自己は常に推移、流転し続ける。正に「今ここ我」ほど不確かなものはない。その不確かさに恐れをなしながら、自己の部品を点検する。おれの脳、おれの神経、おれの感覚器官。運動する機構、腕、脚、足、踵、指、爪。眼球も想い出され、皮膚も続く。

観察を内臓に向ければ、肺もあり、胃もある。脾臓、腎臓、骨髄、血管、リンパ球。腱から靭帯、総称して結合組織。骨、軟骨。言葉の宝庫である。部分を探せば、ランゲルハンス島もある。脳に分け入って、海馬《かいば》はよろしいとしても、淡蒼球となると、これはそのまま使えば、正に言語芸術。

かてて加えて、これらには、それぞれ機能がある。歩く、跳ぶ、走る、駆ける。笑う、怒る、となれば、精神活動の領域に一気に接近する。もう、書くのも、うとましいくらいだ。

さてさて、「今ここ我」は単なる流転ではなく、寸刻もとどまることなく、じわじわと老いてゆく経過の相を実現する。そして、またもうひとつ、「今ここ我」の極めつけのような一瞬がある。

小貝川には幻想がつきまとう。今、眼前、颯爽とこれを渡渉するのは「究極の敗亡の将」、将門《まさかど》である。将門は幾度もこの川を渡っているが、もっとも思いつめて渡ったのは下野の国衙《こくが》への出陣であろう。無論、このときの、将門の本拠地を現在の何処《どこ》に比定するかで川の名も変わるのだが、ここにはわたくしの居住地よりの希望的幻想から、この川を採る。そして、幻想を深める。

このとき、「火雷天神」の幟《のぼり》を靡かせた将門は、そのはるか昔、意を決してシーザーが、なにやら雄たけびを上げて、大河を渡ったときと同じ心境であった。不退転の決意を言うなら、ルビコン河と同レベルにこのときの小貝川を思うべきである。

幻想の将門は、実際に賽を投げる。頃は早春、川の色は瑠璃紺《るりこん》であったにちがいない。目はぴんぞろの瑞兆。噫《ああ》、将門死して一〇七〇年、わたくしの人生の十七回分だ。

短歌で肉体を歌いこむことには、昔からいくつかのフェーズがある、その一は、晶子以来、現代も多くの善男善女が描く、「誇示、自己陶酔」の世界。その二は、実直な作家の多くが詠むところの、自己の肉体の「刻々の劣化を丹念に吐息とともに描写する」世界。そして、三番目に挙げたかったのは、ちょっと跳ねぎみの作家の「転機」に立ち及んでの「述志めく自画像」であろう。

時空の原点である肉体を、わたくし自身がどう見ていたのだろうかということは、まちがいなく、振り返って見直す価値のある問題である。が、わたくしには、根底が《自覚》であるゆえに、どうしても近すぎるモティーフもあるのだ。

さて、【第十五角】は、「身体部位の歌」ぞろぞろ。

## 【第十五角】　瑠璃紺河

幹細胞《かんさいぼう》※の統率あれば泰然と貴公の前に座を占め直す
眼球の錆を聞きつつ闇を見つようよう鳳《とり》鳴きもぞと明けにける
わたくしの網膜の斑《ふ》に調和して如月《じょげつ》の波はときにせつなし
やわらかくかつまたかたき腕筋を伸ばせば先にまだ志
呼や吸や全てに対し優先のその出し入れを今は専らとする

*

髭という装いをついによそ事となして来たりけり軌道上に予は

閃閃と耀きし後の滅失の寒さに大いに耐えたる背骨《はいこつ》

打撲痕爪にむらさき滲み出る身から出てきた錆であろうぞ

大寒の風あるにより腕まくり屁を踏むほどの日日にあれども

神経をふわと遊ばせ沈潜に凝りたる肩への血流を待つ

前言語期間をぼそと脳に居てちょろと走り出て歌を擬《もど》くぞ

敗衄《はいじく》※の重みは確《しか》とたなごころ夕暉《せっき》一枚朱を極めつつ

*

佇立こそ《勇》の起点と思量して足裏に踏む俺の質量

守谷野に「火雷天神」透視して坂きざみゆく考える脚

ちいさ舟微妙な揺れの綜合をわけて味わうわが足底部

欠損と過剰のせめぐ身体を時間の線に沿わせてひた歩む

後方に《才》を投じて戛戛《かつかつ》と瑠璃《るり》紺河《こんがわ》を渡渉せんとす

## 第十六辺　経年の中での精神

自己を原点として時空を計る。これは、肉体の場合とまったく同じである。この時空を共にする自身という生命体の特質は、精神面から捉えたときの方が顕著なものになる。人相互の縁は、まことにまことに多様なものであって、おびただしい《離合集散》が繰り返される。愛別離苦、怨憎会苦《おんぞうえく》、恩愛、くされ縁、などなど。

どうやら、人の精神には、ふたつの位相がある。本来の姿である「ひとり精神」とも言うべき位相と、多くの人との関係の中にある「関係精神」とも言うべき位相だ。

「ひとり精神」は、いわば自己観照の世界。かつ、精神にも「知」「情」「意」とやら、いろいろの分野がある。自己観照と言えば、いかにも理知の世界であるかのようであるが、そのうちのいくばくかは「感傷」であるかもしれず、またときにはあろうことか、他人様《ひとさま》の領域に踏み込む「干渉」的思惟に入らない保証はない。

この書き物の中では、最前から「詩的認識」と繰り返し言ってきた。しかし、本来は

「知的」であるべき「認識」でさえ、短歌制作のフェーズでは、しばしば「情緒的」であったり、「意志的」であったりしているのである。精神はもともと多様であり、それが気まぐれに揺れあっているのだ。

分類を離れて、すこし個別の分野のことを書きたい。

「こころというものが存在する」と、つくづく思うことがある。苦しいときには、こころという「悲しむための臓器」があるのだと、心底、思う。気がつくと、胸のあたりが重い、という日が続くことは生涯に何度かあった。そういう日々には、胸のあたりに臓器の存在感をありありと感ずる。まさに「実在する」という感覚であった。生理学的には、心臓周辺の血管作用が高まり、その存在を自覚することだと言うが、この期間ばかりはこころの存在が際立って見えるのである。

こう書いたのは、便宜的に「喜怒哀楽」と言うけれど、人生の時間は、そのほとんどが「哀」に覆われているような気がするからである。ここでの「哀」は「ひとり精神」に限られているように思われるけれど、じつのところは、ときどき「関係精神」でもありそうだ。喜怒哀楽の中で、他人様《ひとさま》のものにいちばん感応しやすいのは「哀」だからなのであろう。

「ひとり精神」の代表格が「哀」ならば、「関係精神」の代表格は「愛」であろう。実際、「相聞」は自身の生涯を振り返るときに、人生のステージステージで、大きな特徴を示していそうだからである。

そもそも、わが短歌の始まり、少年の日に北原白秋を読んでも、吉井勇を読んでも、心にもっとも深く残ったのは「相聞」であった。その、わが身への到来をはるかに望んだものでもあった。

「相聞」は流転するポエジーには必須である。「相聞」の趣旨やら種子やらは、つねに広く浮遊している。こころの動きの本質を歌おうとすると、さまざまな思いが迫り上がってくる。多くの女性に感謝しながら、ときどき深呼吸をしている。

女性に対する《ある種のものがなしい感情》は、ものごころついたころから持っていた。色情などというものとは天から無縁の、かぎりなく澄んだ、春の、夕方の、雨上がりのような、いわばいろどりと音とにおいが溶け合ったような、全感覚に同時に沁みこんで、全神経をやわらげるような《ものがなしい感情》は、しばしば女性と歩くとき、女性と話すとき、女性を思い返すとき、わたくしを取りまく。

自分とは別種のものに抱く、一種の畏敬に近い感情である。これが自走するときに、歌は「相聞」の様相を帯びる。少年時代は特定の女性に憧れるよりも、女性一般を敬慕する傾向を持つが、わたくしの場合、その後者の感情が年齢とともにむしろ色濃くなってきている。

このことを「相聞」という言葉を振りかざしながら言えば、「相聞」のこころの域はプラトン流のそれよりもはるかにはるかに淡く、しかしながら、活き活きした流れなのである。

【第十六角】では、「ひとり精神」と「関係精神」から「相聞」に近接するポエジーを揃える。

【第十六角】　かなたのかなたに

空に住むあいつの声のわんわんの遠潮騒と歩く朝道

人生は馬鹿な仕草の繰り返し鯉口の爪恋文の詰め

雄鶏《ゆうけい》の反らせる胸のその上に奇態の鶏冠《とさか》、黒聳《くろそび》えおり

指の間を洩れて空へと還りしよ俺の恋らも彼女らの恋も

下げ髪のつかずはなれずある肩を見つめてありき浅緑《せんりょく》の日日

＊

俺という弾性体を引き伸ばしあやうや恋に及ばんとする

等速に飛ぶ二羽を見る彼らにはひそと真青の芳契《ほうけい》あるべし

この日頃胸が堰き止められていて愛するものを《凝思《ぎょうし》》※し続ける

あの夏は彼女とともに髪根まで情雨に打たれいたりき　それがし

そのひとののどのあたりを見ていたる夢の寓意を淡彩に追う

さよう　言辞のロンダリングを試みる　至言の始原は春夫である

水が出るまで掘れと言いたる父は逝き穴を掘りたる犬もかなたに

＊

乱れ髪夢ざらばらのスペクトル惜しや春滴《しゆんてき》梢にからまる

武蔵野を燕返しに飛ぶ鳥の赤きところは見えざりにけり

こちとらのとらの疼きに天を見る物悲しくも夏過ぎんとし

相聞はかなたのかなたひと思いふた思いまたかなたのかなたに

正月の光を返し天翔《あまが》ける兄は見送るあなたの白翼《びやくよく》

# 第十七辺　有終へ

海岸にいる。波と風と日ざしが楽しめる。稲村ヶ崎は好きな場所である。そして、よくよく思い当たった。景勝の地といえども、そこに吹く風、そこに立つ波は、その個性を際立たせえない。名だたる風、名だたる波などというものは在りえないのだ。

つまり、波は波、風は風。波の中に、新しいパターンなどは在りえない。いや、在っても、そう呼ぶことは適切ではないのではないか。名だたる地形はある。しかし、名だたる波はない。詩に新しいパターンは創造しえても、短歌に新しいパターンはありえないのではないか。

「イドラ」に向かって、わたくしが浴びせようとし続けてきたものは、〝奇歌〟をこころざしつつ、歌を、せいぜい「非格調」の方向に故意に振ることであった。「反格調」「親拡張」であった。言ってみれば、「けたたましさ」であり、つまり「腕力」の行使をその行動規範としていた。

しかし、これら一首一首のこころみが結実しなくとも、このようにあくせく執拗に挑む姿勢には意味があるだろう。行動には標識が必要である。これをビッグビジネスばりに三つのEに纏めて呼ぶことがある。Edge, Energy, Eagerness である。これをカタカナの尻取りで、「トガリ—リキ—キハク」と直す。「尖り」「力」「気迫」である。いつだったか、さっさとこれに「硬式短歌」と命名し、それで気をすませた。こちらの方は「三種の凶気」と呼んでよいだろう。

ここで再び、波を見、風に触れてみると、こんどはすこし違う様相が知れた。やはり、波も風も集合物なのだ。ひとつの波、ひとつの風は名だたるものではなくとも、これらの集合物は、相まって、やはりそれなりの〝風光〟を結成しているではないか、断じて無力ではない、と。

さて、一般的に、自己の生命活動の減衰はよく歌われる。いずれは、わたくしも歌わねばなるまい。そう思っていたやさきに、ひとつの生命が忽然と消えた。

わたくしの知る唯一の犬は、人生の縮図体として、確実に生命の不安定、無常の様相を余すところなく見せつけて、逝った。

幼犬の波頭はみるみる膨れ上がって、瞬時に大波としてのシェットランド・シープドッグの成犬の成熟美をまざまざと展開しつつ盛り上がり、その幕を引くももどかしく、割れて砕けては、初老にも到らず、ぐいぐいと未老のまま、裂けてあわただしく散っていった。まぎれもない一編の「純愛物語」の日々は、彼の白昼の孤独死をもって、その裏表紙を閉じた。


まことに、あっけなく死んだ。七年弱育てていたが、脊髄腫瘍で死んだ。急逝に近い。死んで見ると、生きていたころのことはすべて遠のいて、死んだという実感と淋しさだけが残った。しかし、面影は日々鮮やかさを増し、彼が、わたくしに対しては、凝視しかしなかった、つまり、人間たちのようになにげなくこちらを見るということを、ついに生涯に一度もしなかったことが、じつに彼が死んでから判った。

生きとし生けるもの、なべて老いるために生きている。この〝無常〟を素手で捉えるような宗教的な方策はわたくしには向かないが、この〝ポエジーの流転〟だけは、その航跡として留め続けている。

さあ、ここまで来てしまった。そろそろ、わたくしの「詩的認識」と「詩的技術」の掛け合わせについてのこれからの流転を見通す時機に到ったようだ。

わたくしは今後も、いわゆる社会事象はそのままの形では扱わないだろう。わたくしの最大の関心は「言語の創作性」にあり、その根には、年がいもない「反逆の原理」「傾きの原点」の反芻がある。

創作者を自認するならば、《挑み》がなければならない。《ファイティングポエジー》なる、喧嘩腰の詩的活動で、晩節を蛮節化してこそ、わたくしなりの《有終》は、かすかにではあるが、起こりうるのである。

いずれにせよ、自己凝視が、妙な客観化をも締め出した最終的な自己凝視こそが、これからの課題である。

【第十七角】は、「有終」と名づける。おそらく、わたくしとは無縁の徳目である。

【第十七角】　有終

一脚に五キロの荷重配しつつ添い来たりしも今は『虹の橋』※
うす墨の亀の卵の斑にさえも神の摂理は必定およぶ
行く末を見凝らしおれば背後よりばさらむらさめ　殊更に首に
混載を常としたればわが心《しん》におりおり兆す白のささくれ
朱と緑　補色相撃つカンナかなかくのごとくにござれ有終

＊

颯爽《さつそう》と死ぬべく思い定めたりさようわたくしは颯爽と死ぬ

機鋒※とや俺を肴に俺は呑み数種数合　星ゆるむを見つ

ティグリス※をタイガーと気づくときめきが男の頸をそよろとのぼる

この一意、一世《ひとよ》寸陰貫くべし予の燃え殻の余燼までの間

爺道六級なれば恬《てん》として地水火風空じりっと歩む

俺はしもプルトニウムの再利用星下あえかにとろろ増殖

空遠く《颯爽》住むと人言えば爺、翼を広げんとする

*

払暁にほんのり夢を見果てかねひんやりもどるわたくしの齢

ぶち抜ける空の青さや緋の風や闘争心に〈年甲斐〉はない

豚の耳にタグとやこんにち隆盛の追跡可能性《トレサビリティ》　わたくしはここ

わたくしの資源の限りうたを編むなかなかかなし既に秋声

江戸前に短歌たたきて一本気有終とおきわがクロニクル

# 『あとがき』に代えて

さて、この長城の一辺とは、いかほどであろう。今、ひとつの角というか、頂点に立ってみると、右の視界ぎりぎりの遥かな点と、左の視界ぎりぎりの遥かな点とに、それぞれひとつずつの頂点が見える、というようなイメージである。つまり、そのくらいの寸法のものをこころの裡に打ち立ててみたのである。

わたくしは、万里の長城へは行ったことがない。が、仮想敵の勢力圏と自領とを区画する構築物の高みで受ける風は定めし快いものであろうと思う。いやいや、時空の中での自分の矮小を知るだけだろうか。

「時」というものを思うとき、ときどき妙な思いに駆られる。それは、「天動説」「地動説」のような言い方に倣うならば、「自己固定説」とも言うべき感覚である。かつて、「天動説」というものが信じられた幼い時代があった。大地が固定していて、天が動くのだ、と。が、どうやら、経年と精神の間にも、これと同じような相対論が、わたくしにはあるようなのだ。わたくしが止まっていて、社会事象だけが動き、過ぎ去ってゆくというような感覚である。自分の意識と時間が同じ速度で流れていると考えるので、自分以外のものが過ぎ去ってゆくように感じられるのであろう。日々、自己の精神を書き継いでゆけば、わたくしのポエジーは、いつも「今」であるわけで、その結果、精神は経年に対して独立的に振舞うのであろう。

＊

十代で詩歌に踏み込み、二十代初期の「第一次短歌没頭期」と、唐突に訪れた「壊滅的挫折」を経て、一転、二十七歳で「短歌人」と「ＶＯＵ」に同時入会し、高瀬一誌氏、北園克衛氏というまったく異質の詩人の知遇を得た。北園さんは「ＶＯＵは不教不受」としながらも、自らの唯一の仕事は「詩への新しいパターンの追加」と言い続けつつ、独創の実践を終生貫いた詩人であり、高瀬さんは「心に鬼を持て」を持論とする短歌指導者であった。こういう幸運な環境が、やすやすと短歌入門したがらないわたくしを作る素因であった。「短歌人」歌会での〝荒稽古〟と「ＶＯＵ」サロンでの〝清談〟は、それぞれ急流と瀞での水浴の機会であった。高瀬さん宅へ二十六時に乱入して歌論に接し、北園さんの勤務先の大学の一室で相対でVIVIDな詩精神に与った。北園さんから学んだのは、わたくしの言葉に直せば、「新規であれ」につきる。高瀬さんは、そういうわたくしの行動を泡沫候補よろしく、「独自の戦い」という美称をもって微笑していた。

本企画を進めるにあたって、これまで、「話してもしかたがない」と思い続けていたことを初めて口にした時間は、まさに「望外」のものであった。北冬舎の柳下和久氏との三年越しの「珈琲タイム」は楽しかった。

昨夏に、異種息「雅駆斗」が、年末には、妹の「雅美」が、それぞれ急逝した。ともに、若すぎたと思えてならない。生き物が生き物を思う不条理を全身に浴びた。いくばくかの筆の遅滞にも及んだ。ともども、わたくしの理解者であったことを想起して、このものを魂魄にささげたい。

二〇一〇年八月十八日

依田仁美

『狭辞苑』——作中の特殊語句についての蛇足

【第一角】「跼蹐《きょくせき》」かしこまり、ちぢこまるさま。

「「手の指に殊更に吹く風」」とくに出典はない。いわば詩風の断章。

「ぐふとくく」求不得苦、八苦の一。


【第二角】「「止鳥《しちょう》」」つばぜり合い的な囲碁の攻め方。

「男泉《だんせん》孤《こ》湧《ゆう》」予の辞書にあり、世の辞書にはない。字義どおりの、音を楽しむ配列。

「天目」土壇場。武田勝頼の死に場所。

「「対称性の乱れ」」物理学では、「物質の、ものの見方を変えても変わらない性質」を対称性と言い、その状態の崩れることを「対称性の乱れ」と言うらしい。この研究がノーベル賞の対象となった。

「張飛《ちょうひ》」『三国志』の好漢。


【第三角】「攀禽類《はんきんるい》」きつつきのような鳥類。

「「為《な》して恃《たの》まず長じて宰《さい》せず」」『荘子』。

「純純常常秋時刻刻」「純純常常」は『荘子』。「秋時刻刻」は、それに付けたいわば「相の手」。

【第五角】「『菊と刀』」ベネディクトによる古典的日本文化論。

「非春」世の中の辞書には載っていない。「若くない」と言おうとしている。

「辣兎」RAT、鼠。世の辞書にはない。

「高橋みずほ」独創の現代短歌作家。


【第六角】「化骨」骨折後の骨の回復期の産物。

「扶桑金輪罰讒害弃《ふそうこんりんばつざんがいせい》」「扶桑金輪」は「金輪際」と同義。下は「抜山蓋世」項羽。


【第七角】「鼠尾馬尾鼠尾《そびばびそび》」。後先細く、中太く。酒飲みの常識。


【第八角】「我利張武者《がりはりむしゃ》」世の中の辞書にある。我を張り通す人。

「老驥《ろうき》 櫪《かいばおけ》に伏すも志は千里に在り、烈士暮年壮心已《や》まず」曹操。


【第九角】「〔やがらもがら〕」戦国期の長柄の武器、後代「袖がらみ」とも呼ばれた。ときどき弄ぶ。

「《孤高炉《こころ》》」世の辞書にはない。こころ。


【第十角】「鋩子《ぼうし》」切っ先。


【第十一角】「(花田秀次郎)」昭和残侠伝「唐獅子牡丹」の主人公。ここでは健さんのポスター。

「(御衣黄)」淡緑色の花をつける桜。

「《どんより坂》」実在しない。

「『おまえのせいだと雨が降る』」シャンソン「鷗」。

【第十二角】「淡蒼球」大脳基底核の一部。

【第十三角】「『記憶の固執』」ダリによる時計。

【第十四角】「「以蔵」」岡田以蔵、土佐藩の人斬り以蔵。

【第十五角】「幹細胞《かんさいぼう》」機能が未分化状態の細胞。他の細胞の生成能力はオールマイティという。
「敗衄《はいじく》」鼻血まみれの、矜りを挫かれた惨敗。

【第十六角】「《凝思《ぎょうし》》」世の辞書にはない。

【第十七角】「『虹の橋』」この橋のたもとで、ペットは生前に愛してくれた人を待つという。
「機鋒」攻めてくる勢い。矛先。
「ティグリス」古代文明の発祥地、メソポタミア地方の大河。

著者略歴

**依田仁美**

よだよしはる

1946年(昭和21) 1月25日、茨城県(現在、古河市)生まれ。68年、東京大学卒業。㈱日立製作所を経て、現在、ナレッジ・コーディネーター。「短歌人」同人。「現代短歌 舟の会」代表。website「不羈」運営人。日本空手道制護会員。日本短歌協会理事。現代歌人協会会員。歌集に『骨一式』(83年、沖積舎)、『乱髪—Rum Parts』(91年、ながらみ書房)、『悪戯翼(わるさのつばさ)』(99年、雁書館)、『異端陣』(2005年、文芸社)。

住所=〒302-0124茨城県守谷市美園3-9-5

Eメール=uu3y-yd@asahi-net.or.jp

正十七角形《せいじゅうななかつけい》な長城《ちようじよう》のわたくし

2010年11月15日　初版印刷

2010年11月25日　初版発行

著者

**依田仁美**

発行人

**柳下和久**

発行所

**北冬舎**

〒101-0062東京都千代田区神田駿河台1-5-6-408

電話・FAX　03-3292-0350

振替口座　00130-7-74750

http://hokutousya.com

印刷・製本　株式会社シナノ



定価:[本体1900円+税]

ISBN978-4-903792-30-9　C0092

## 北冬舎の本＊

詩歌作品・歌集

**帰路** ポエジー21–II①
一ノ関忠人
右足首にテープ一枚の識別表
此ノ生ノ帰路茫然として
1600円

**香港 雨の都** ポエジー21①
谷岡亜紀
紛れなくわれも亜細亜の一人にて
風の怒号の城市に迷う
1400円

**饒舌な死体** ポエジー21②
江田浩司
死体は死ねない。
わたしの足の水虫は夢を見る。
1400円

**個人的な生活** ポエジー21③
森本平
みがかれぬまま老いてゆくのが
わたくしと昼の私・夜の私
1600円

**出日本記** ポエジー21④
中村幸一
認識の主体がないのに在るなどと
愚鈍なお前は出ていきなさい
1600円

**東京式99・10・1―00・3・31** ポエジー21⑤
藤原龍一郎
都塵吸い都塵を吐きて酩酊し
酔生夢死の日を夜を一生
1700円

**異邦人**朗読のためのテキスト ポエジー21⑥
吉村実紀恵
約束もなくてオープンカフェにいる
今日は朝から乳房が重い
1600円

**ピュシスピュシス** 最新歌集
江田浩司
たった一つのリアルをつくす営みが
金輪際をゆきて帰らぬ
2400円

**しあわせな歌** 最新歌集
中村幸一
愛あらば生きてゆけるかなぜ生きる
などと問わずに愛あらば
2400円

＊好評既刊

価格は本体価格